CLUBE DAS ASNEIRAS

ANDRÉA CORDONIZ

CLUBE DAS ASNEIRAS

UMA SELEÇÃO DAS MAIORES
IDIOTICES PROFERIDAS POR GENTE FAMOSA
E OUTROS NEM TANTO

MATRIX

Direitos em língua portuguesa para o Brasil:
Matrix Editora - Tel. (11) 3873-2062
atendimento@matrixeditora.com.br
www.matrixeditora.com.br

Diretor editorial:
Paulo Tadeu

Capa:
Renata Senna

Diagramação:
Fernanda Kalckmann

Revisão:
Rafael Faber Fernandes
Adriana Parra

Dados Internacionais de Catalogação na Publicação (CIP)
SINDICATO NACIONAL DOS EDITORES DE LIVROS, RJ.

Cordoniz, Andréa
Clube das asneiras : uma seleção das maiores idiotices proferidas por gente famosa e outros nem tanto / Andréa Cordoniz. - São Paulo : Matrix, 2010.

Inclui bibliografia

1. Celebridades - Miscelânea. 2. Curiosidades e maravilhas. I. Título.

09-6497. CDD: 001.93
CDU: 001.92

Agradecimentos

Antes de tudo, agradeço antecipada e sinceramente a quem revisar com todo o amor e carinho este livro de asneiras. Reler o próprio livro e encontrar qualquer deslize, para uma pessoa perfeccionista como eu, já é um inferno; agora, cometer deslizes em um livro em que aponto as asneiras alheias é bem mais complicado! Trata-se da pedra no telhado de vidro. Não que eu não as cometa, mas daí a ostentá-las há uma grande diferença.

Agradeço também à minha amiga-quase-irmã Marcia Lavrado que, com toda a paciência, presteza e dedicação lê todos os meus ensaios, palpita, critica, corrige e, com certeza, traz muito mais qualidade ao meu trabalho e contribui significativamente para que asneiras de minha autoria não sejam publicadas por mim mesma, involuntariamente.

Ao meu marido, Gustavo Maia, com quem discuto uma série de assuntos do livro e a quem acabo dando razão e acatando suas sugestões, não sem antes ouvi-lo perguntar pela milésima vez: "É pra dizer o que acho mesmo, ou é pra concordar com você?".

À minha filha Bettina, que tanto amo e parece ter vindo ao mundo para mostrar que nem tudo o que faço é asneira. Entre minhas realizações positivas, sem dúvida ELA é a maior de todas!! E que, fora isso, faz com que o tempo que eu leve para concluir um livro dure muitíssimo mais do que qualquer previsão mais pessimista que eu pudesse fazer. Convencê-la de que tenho um trabalho para cumprir, embora eu não saia de casa diariamente para um escritório, nem use *tailleur*, não é tarefa simples.

A todos os meus amigos e parentes, especialmente meus irmãos Lucia, Vânia e Paulinho, que trouxeram muito material para o livro. Curiosamente, nenhum de própria autoria.

Ao ser humano em geral que, por não ser perfeito, comete, todo o tempo, infinitas asneiras, fornecendo munição necessária para meus profundos estudos e arquivos sobre o tema.

Especialmente aos meus pais, Paulo e Sylvia, que cometeram a asneira de me deixar tão cedo, mas que antes de partir transmitiram lições de vida extraordinárias e ensinaram que a maior de todas as asneiras é não saber viver com muito humor, amor e disposição!

Andréa Cordoniz

"*O que é a glória? Ouvir um monte de asneiras a seu próprio respeito.*"
Gustave Flaubert

ASNEIRAS POLÍTICAS

Asneiras são proferidas diariamente por seres humanos, afinal, errar é humano. Sujeitos que ocupam postos políticos, porém, têm como ossos do ofício falar, discursar, debater, fazer comícios etc. – e, como diz o ditado popular, "quem fala demais dá bom-dia a cavalo".

As asneiras políticas são de todo tamanho e feitio. Há desde aquelas que, ditas por qualquer ser humano, seriam consideradas asneiras, até outras que são assim classificadas por terem partido de políticos.

Algumas delas vêm meio que num deslize, numa formulação infeliz de uma frase, que passa a ser prato cheio para os opositores e caçadores de asneiras de plantão. Claro que esse é apenas um dos motivos para tamanho festival de asneira. Os outros, bem, os outros você mesmo poderá julgar após ler o que selecionei em meio a tantas "contribuições" de peso!

"A procriação consanguínea é a maneira como conseguimos cavalos campeões."
Carl Gunter, deputado do legislativo da Louisiana (Estados Unidos), explicando por que estava contra um projeto que permitia o aborto em casos de incesto.

"Simplesmente não é correto acreditar que os negros foram, de alguma maneira, restringidos a empregos de remuneração mais baixa. Em vez disso, havia certa tendência entre os negros para se concentrarem em certas unidades que apresentavam grande variedade de características, incluindo, em alguns casos, remuneração um pouco mais baixa do que outras unidades onde poderia haver uma concentração mais forte de empregados brancos".
Ben Fisher, assessor especial do presidente do Sindicato dos Metalúrgicos da América, em declarações ao *New York Times*.

"Eu não sabia que aquele cara era um crioulo."
James Eastland, senador americano, falando com um assessor, depois de dar as boas-vindas ao presidente do Egito, Anwar Sadat.

"No Brasil existem dois pretos que são admirados por todos. Um é o Pelé, que é o nosso rei de sempre. O outro é o rei asfalto. Todo mundo gosta do asfalto. É o preto que todo mundo gosta."
Eliseu Padilha, então Ministro dos Transportes, em junho de 1997, em um seminário no interior de São Paulo, ao ser questionado sobre os investimentos em estradas.

"Em todo lugar aonde fui, neste país, encontrei americanos."
Alf Landon, candidato a presidente dos Estados Unidos, em discurso de campanha ocorrido nos Estados Unidos mesmo.

"Chegou a hora de tirar a camisa e arregaçar as mangas."
Comentário em um debate político na Inglaterra.

"Se eleito for, construirei uma ponte sobre o rio que cruza a cidade!"
Ademar de Barros, durante campanha para governador em São Paulo, ao chegar a uma pequena cidade a respeito da qual não possuía qualquer informação, arriscando uma promessa padrão. Um vereador informou ao seu ouvido que não havia nenhum rio que cruzasse a tal cidade. Ademar emendou:
"Não tem importância. Eu prometo que vou trazer o rio também".

"No nosso governo, todos vão ter o básico, inclusive os ricos."
Plínio de Arruda Sampaio, um dos coordenadores da campanha presidencial do então candidato Luís Inácio Lula da Silva, em 1998, ao prometer limitar o consumo de supérfluos.

"Eu sou o vereagay, *mas na intimidade os amigos me chamam de* vereadinho."
Ica, cabeleireiro e candidato a vereador por São Gonçalo, Rio de Janeiro (2000). Na mesma campanha, quando participava de um comício, disse que para fazer mudanças políticas "é preciso ter peito" e abriu a camisa exibindo seus novos seios siliconados.

"Claro, pareço um branco, mas o meu coração é tão negro como o de qualquer outra pessoa."
George Wallace, então governador do Alabama, em plena campanha para presidente dos Estados Unidos, dirigindo-se a uma plateia de maioria negra.

"...aqui muitas indústrias serão implantadas!..."
Severino Cabral, discursando em um comício na sua campanha para a prefeitura de Campina Grande.
Ao seu lado estava o político Raymundo Asfora, que, brincando, disse em seu ouvido: *"...em convênio com a Sudene..."*. (Sudene = Superintendência do Desenvolvimento do Nordeste.)
Severino não entendeu direito e emendou:
"...muitas indústrias, sim, e também um convento para a Sudene!".

"E o que é mais, concordo com tudo o que acabei de dizer."
Piet Kornhoff, ministro do gabinete sul-africano e embaixador nos Estados Unidos.

"Este é o pior desastre que aconteceu na Califórnia desde que fui eleito."
Pat Brown, então governador nos Estados Unidos, ao comentar uma inundação local.

"Todos podem ser eleitos governador. Eu sou uma prova disso."
Joe Frank Harris, então governador da Geórgia (Estados Unidos).

"Esse patife ordinário deveria ser escoiceado até a morte por um asno – e eu sou o indicado para fazer isso."
Candidato ao Congresso no Texas, em meio a um inflamado discurso de desagravo dirigido a outro candidato, segundo John F. Parker, senador estadual de Massachusetts.

Nos idos de 1950, em Minas Gerais, a prefeitura de Muzambinho recebeu um comunicado informando que o antigo coreto da praça da cidade era considerado "de interesse histórico" e que, portanto,

uma comissão iria até lá para tombá-lo. O prefeito respondeu por meio de telegrama urgente:
"Desnecessária vinda da comissão. Já que era para tombar, mandei derrubar o coreto."

"Antigamente o sujeito era político e virava bandido. Hoje é o contrário."
Sérgio Leite, então deputado estadual.

"Sou torcedor do América, mas tenho simpatia por Cruzeiro e Atlético, assim como por todos os clubes do interior de Minas Gerais."
Tancredo Neves, político brasileiro mineiro.

O Brasil pode importar poluição. Temos muito espaço para poluir. E, se não o fizermos, outro país o fará."
João Paulo dos Reis Veloso, ministro do Planejamento do Brasil do governo Médici, no ano de 1972.

"O Brasil vai entrar de quatro patas no Primeiro Mundo."
Dante de Oliveira, então governador de Mato Grosso, referindo-se ao fim das barreiras à carne bovina brasileira, que teria se livrado da febre aftosa (2000).

"O morto tinha um problema de fala."
Prefeito da província de Estremadura, Portugal, dando dicas para auxiliar a localização do corpo de um homem que se afogara.

"Há ocasiões em que é do melhor interesse da nação não votar de acordo com a vontade do povo."
Thomas O'Neil Jr., ex-presidente da Câmara dos Deputados

(Estados Unidos), explicando por que o Congresso havia votado um aumento do salário para seus membros que não constava da ata.

"Deus me deu um físico atraente para as mulheres, que exploro adequadamente... Um homem bonito não é para uma só mulher, mas para várias."
Julio Villatoro, deputado de Honduras, ao ser acusado de bígamo por sua segunda mulher, Lidia Guadalupe Flores de Villatoro, que se julgava a legítima, mas descobriu que um ano antes de se casar com Julio, ele havia se casado com outra.

"O fato de você existir no mundo, estar vivo, faz com que você possa ter esse tipo de problema."
Candidato a vereador em São Paulo justificando suas 59 pendências na Justiça.

"Eu não ia às sessões, mas participei espiritualmente."
Gilvam Borges, senador, membro da Comissão da CPI do Futebol, ao ser criticado por ter comparecido pouco.

"A China é um grande país, habitado por muitos chineses."
Charles de Gaulle, ex-presidente francês.

"Essa estratégia representa nossa política para sempre. Até que seja mudada."
Martin Fitzwater, porta-voz da Casa Branca, governo de George Bush, ao divulgar uma nova estratégia de segurança nacional.

"Relatórios confirmando que uma coisa não aconteceu sempre me interessam porque, como se sabe, existem coisas sabidas que se sabe, há coisas que sabemos que sabemos. Também se sabe que existem coisas desconhecidas que sabemos, quer dizer que sabemos que existem algumas coisas que não sabemos. Mas também existem coisas desconhecidas que não conhecemos, aquelas que não sabemos que não sabemos."
Donald Rumsfeld, então secretário de Defesa dos Estados Unidos (2003).

"Ele tem toda a razão, só que não concordo com ele."
José Aníbal, então presidente do PSDB, sobre o governador do Piauí, Hugo Napoleão, ter dito que os tucanos teriam de apoiar a política Roseana Sarney.

"Acabou o achismo. Acho que temos que nos basear em pesquisas."
Luiz Paulo Conde, então prefeito do Rio de Janeiro, tentando explicar sua estratégia de ação.

"Ninguém sozinho é ninguém."
Renato de Jesus, deputado estadual, ao finalizar seu discurso de posse na Comissão de Orçamento, no ano de 2000.

"Eu nunca disse que não tinha a mínima ideia da maioria das coisas sobre as quais os senhores disseram que eu disse que não tinha nenhuma ideia a respeito."
Elliott Abrams, Secretário-Assistente de Estado dos Estados Unidos, esclarecendo os fatos diante de uma comissão de inquérito do Congresso, em 1987.

"Há um bocado de incerteza que não está clara na minha mente."
Gib Lewis, presidente da Assembleia Legislativa do Texas (Estados Unidos).

"Quero dizer aos senhores que tolerância é uma coisa, e intolerância, outra. Ser intolerante com o direito de outra pessoa de ter ideias diferentes é minha ideia de tolerância, isto é, até que essa pessoa tente criar um caso público com suas opiniões."
Albert Johnson, deputado de Washington (Estados Unidos).

"Essa é a coisa mais jamais ouvida antes que jamais ouvi."
Joseph McCarthy, senador americano, comentando o depoimento de uma testemunha.

"Cada pessoa é uma pessoa. Se cada pessoa não fosse uma pessoa, não seriam pessoas diferentes."
Ruth Cardoso, antropóloga e ex-primeira dama do Brasil (Fernando Henrique Cardoso), respondendo a um jornalista que havia perguntado quem era mais simpática, Hillary Clinton ou Laura Bush, esta última, na época, a nova primeira-dama americana.

"As coisas estão mais parecidas com o que são agora do que em qualquer outro tempo."
Gerald Ford, então presidente dos Estados Unidos.

"Os homens ficam: 'Ô gostosa!'. Mas não se trata mulher desse jeito. Tem que ser carinhoso, chamar a mulher de potranca, popozuda."
Verônica Costa, vereadora, Rio de Janeiro.

"É realmente apropriado que nos reunamos aqui hoje para homenagear Abraham Lincoln, o homem que nasceu numa cabana de troncos que ele construiu com suas próprias mãos."
Político americano, em um discurso homenageando Lincoln.

Alguns trechos dos arquivos do Departamento de Administração e Contratação de Pessoal do Congresso, americano datados de 1974 e compilados pelo Fort Worth Star-Telegram:
"...apenas moças brancas e, de preferência, da Flórida." – deputado James A. Halley.
"...republicana, branca." – deputado Vernon Thompson.
"...branca... e que não use terninho." – deputado James J. Delaney.
"...atraente, esperta, jovem, que não seja católica nem abstêmia." – deputado Bob Eckhardt.

"Cavalheiros, um membro desta Câmara aproveitou a minha ausência para me atacar pelas costas. Espero que, na próxima vez em que ele me atacar pelas costas como um covarde, ele o faça de frente para mim, como um homem, e não se esconda atrás de uma moita para atacar um cavalheiro que não está presente para se defender."
Pronunciamento de um membro do Parlamento de Ballarat East, Austrália.

"A política é muito partidária."
Pierre Rinfret, em discurso de campanha para governador de Nova York.

"Quando um grande número de pessoas não consegue encontrar trabalho, o resultado é o desemprego."
Calvin Coolidge, ex-presidente dos Estados Unidos, discutindo a situação econômica do país em 1931.

"O direito de sofrer é uma das grandes alegrias da economia livre."
Howard Pyle, assessor do presidente Eisenhower ao comentar a situação do desemprego em Detroit (Estados Unidos).

"Temos que devolver a Chicago todas as boas coisas que a cidade nunca teve."
Richard Daley, então prefeito de Chicago.

"O Rio é como uma mulher lindíssima, todos querem possuí-la à força..."

Marcello Alencar, em 1991, então governador do estado do Rio de Janeiro.

"Porque é dando que se recebe."
Wolney Trindade, deputado estadual (RJ), em discurso na Assembleia Legislativa, justificando ter escolhido São Francisco de Assis para padroeiro dos gays.

"Precisamos de leis que protejam a todos. Homens e mulheres, normais e bichas, qualquer que seja sua perversão sexual... ahn, preferência."
Bella Abzug, político de Nova York, em um comício em defesa da Emenda dos Direitos Iguais.

"A Folha é um jornal que sempre me elogiou de um modo negativo."
Newton Cardoso, político mineiro.

"Pelo que sei, embaixadores têm um excelente estilo de vida. Eu adoro golfe e sei que lá há um bocado de excelentes campos para esse esporte."
Chic Hecht, ex-senador de Nevada (Estados Unidos), explicando por que gostaria de ser nomeado embaixador nas Bahamas. Observação: ele conseguiu.

"Somos a favor de uma lei que proíba por completo a venda de bebidas nos domingos, mas contra seu cumprimento."
Plataforma Democrata em Syracuse (Estados Unidos), na década de 1920, em meio aos confrontos entre as forças pró-tavernas e antitavernas.

"Se estivesse vivo hoje, Lincoln rolaria em sua tumba."
Gerald Ford, então presidente dos Estados Unidos.

"Equatorianos. Não sei o que eles são. O que sei é que eles não são hispânicos."
Hazel Dukes, ativista de direitos civis e presidente do New York City Off-Track Betting Corporation.

"Conspícuo diretor: abroquelado em extrema necessidade, epigrafando direito irremovível na ritualidade e sem quiproquó do pergaminho autorizado, solicito liberação do título cheque, supedâneo da documentação anexa."
Aristóteles Ferreira, secretário jurídico do município de Jaboatão dos Guararapes (PE), num ofício ao Secretário das Finanças.

"Este é um grande dia para a França!"
Presidente Nixon (Estados Unidos), em pronunciamento no enterro de Charles De Gaulle.

Mário Covas, então governador de São Paulo, discursava em Batatais, interior do estado, em março de 1998, durante a inauguração de um conjunto habitacional que recebera o nome do deputado Geraldo Menezes, morto em 1994, quando passou a palavra: *"Quero agora chamar o deputado Geraldo Menezes"*.

"Estou satisfeito de estar junto aos brasileiros amigos."
Jacques Chirac, presidente da França, ao desembarcar no Uruguai.

"Gostaria de mostrar minha alegria de receber mais uma vez em território francês o presidente do México."
Jacques Chirac, presidente da França, em um evento ocorrido na Guiana Francesa, dirigindo-se ao presidente do Brasil, Fernando Henrique Cardoso, que acabara de discursar.

"A internet é um grande caminho para se conectar à rede."
Bob Dole, candidato derrotado à presidência dos Estados Unidos.

"Claro, os pesticidas vão matar um bocado de pessoas, mas elas, afinal de contas, morreriam de alguma outra coisa."
Othal Brand, membro da comissão de exame de pesticidas do Texas (Estados Unidos).

Lucídio Portela, então senador, certa vez fez um discurso na tribuna do Senado defendendo o regime militar. Em seu pronunciamento havia uma citação do escritor Fiódor Dostoiévski. Um oposicionista pediu um aparte e disse:
"Interessante sua citação de Dostoiévski. A propósito, o nobre colega já leu Crime e Castigo*?"*
"Li os dois", respondeu Lucídio, multiplicando por dois o clássico romance da literatura russa.

Depoimento da ex-presidente da Comissão de Licitação da Loterj Fátima Farias na CPI do Bingo, na Assembleia do Rio de Janeiro, em 2004. O deputado Dica (PFL) pergunta: *"Houveram benefícios à empresa Hebara?"*
Nisso o pessoal gritou estar errado e Dica corrigiu: *"Houvem"*. Nova grita e ele tenta mais uma vez: *"Haveram"*. Risos.

Trechos do discurso de um vereador de Quixeramobim, município do estado do Ceará, fazendo inúmeros agradecimentos, que foi amplamente divulgado na internet: *"Pogama lídel de audiência... uma pessoa subjestivamente qualificado. Uma pessoa medicrático. Uma pessoa retombante. Uma pessoa cabriocária. [...] Quero cumprimentar meu amigo Carlinho Elói por ser uma pessoa inoxidável. Quer dizer, uma pessoa brilhante [...]. Quero parabenizar toda a família Balbino. Principalmente meu amigo Miguel Balbino, por ser uma pessoa estrogonoficamente sensíuvel! Uma pessoa que merece o respeito tecnológico. Uma pessoa que vem também da nossa... que vem dar sua contribuição aqui no Quixeramobim"*.

No ano de 2000, Meira, prefeito de Araruama (RJ), era candidato à reeleição e em seus comícios dizia que iria "reganhar" de qualquer jeito. Normalmente começava assim seus discursos: *"Meu povo e minha pova..."*. Em um comício disse, ainda: *"Com a minha fé e a fé de vocês, vamos juntar nossas fezes"*.

"Meu povo, vote neu!"
Fláusio da Silva Santos, candidato a vereador de Murici (Alagoas), discursando no palanque.
"Não é 'vote neu', é 'vote em mim!'", corrigiu José Correia, também candidato a vereador que aguardava sua vez de falar.

"Nada disso, meu povo! Vote neu mesmo, porque o Zé Correia já tá eleito!...", insistiu Fláusio.

"Este, todos já conhecem. Suas iniciais falam por ele: 'O' de honestidade e 'C' de sinceridade. Com a palavra, o Dr. Oséas Cardoso!"
Líder de Arapiraca, no agreste alagoano, apresentando o ex-deputado Oséas Cardoso em um comício na região.

"Esclarecendo o assunto de uma vez por todas: o policial não está nas ruas para criar desordem. Ele está na rua para preservar a desordem".
Richard Daley, ex-prefeito de Chicago.

"Apesar de mulher, ela é muito inteligente."
Mário Amato, empresário brasileiro, referindo-se à então Ministra do Trabalho Dorothéa Werneck.

"Elas estão na cozinha, preparando a comida."
Fidel Castro, presidente de Cuba, ao explicar a ausência de mulheres em sua delegação à conferência da Organização Mundial do Comércio, em Genebra, Suíça.

O deputado Volney Trindade (RJ) defendeu em plenário a redução do salário mínimo e justificou: *"Para que os homens não tenham que pagar tanta pensão às ex-mulheres"*. Pior: foi aplaudido de pé (novembro de 2000).

"Apresento-lhes o reverendo padre McFadden, conhecido em todo o mundo, e em outros lugares também."

Apresentação de um novo membro no Parlamento Britânico, século XIX.

"Os Estados Unidos estão em paz com o mundo e mantêm relações cordiais com o resto da humanidade."
Benjamin Harrison, ex-presidente dos Estados Unidos, em discurso no Congresso.

"O pobre homem foi inteiramente garfado por esse sistema criminoso em nada menos que um décimo de seu suado dinheirinho. Não! Às vezes, chegou mesmo a um vigésimo."
Major O'Gorman, ex-membro do Parlamento Britânico, ao discutir o Projeto de Lei do Dízimo.

"Eu dupliquei em uma vez e meia o número de crianças matriculadas em creches."
Luiz Paulo Conde, então prefeito do Rio de Janeiro, ao participar de um debate na televisão.

"Mesmo que fôssemos medíocres, há um bocado de juízes, pessoas e advogados medíocres. Eles, por acaso, não merecem ter alguma representação no Supremo Tribunal?"
Roman Hruska, senador americano, "defendendo" o juiz Harold Carswell (indicado pelo presidente Nixon para o Supremo Tribunal), que estava sendo acusado de ser medíocre.

"Peço desculpas aos senhores por ter mentido... Prometo que não os enganarei novamente, exceto em assuntos deste tipo."
Spiro T. Agnew, então vice-presidente de Nixon, aos repórteres que o questionaram por ter dito anteriormente que não iria ao

Camboja. Detalhe: esse pedido de desculpas foi feito no avião que o levava para Phnom Penh – Camboja.

"Com esse projeto já vejo uma luz no fundo do poço."
Cori Pillar, deputado estadual do Rio de Janeiro, durante votação da redivisão do ICMS no Estado, ao discursar em fins de 1996.

"Esta não é a hora de puxar o tapete debaixo da correnteza."
Silvio Conte, deputado de Massachusetts, durante um debate na Câmara dos Deputados.

"O que é que eu falo para esse povinho de merda?"
João Goulart, vice-presidente do Brasil, logo após ter sido eleito, virando-se para um assessor no palanque.
"Se eu fosse o senhor, começava pedindo desculpas, porque o microfone está ligado...", respondeu o assessor.

"O companheiro Karan não está presente porque precisou viajar às pressas para o Rio, onde o seu genro morreu de improviso, hoje."
Dionísio Sandi, vereador brasileiro, tentando explicar a ausência do candidato a prefeito Artemin Karan em um comício de campanha.

"Senhoras e senhores, se essa medida de coerção for aprovada, nenhum homem na Irlanda poderá falar sobre política, a menos que seja surdo e mudo."
Lord Charles Russel, membro liberal do Parlamento Irlandês, discursando em 1880.

"Mulher é feito espingarda: só presta bem guardada."
Chico Heráclito, coronel e líder político em Limoeiro (PE).

Slogan do candidato a deputado federal Rola (que no ano de 2002 teve 21 mil votos em Sergipe): *"O povo quer Rola! Rola neles!"*.

Domingos Pontes, também conhecido como Domingão, foi eleito prefeito de Caucaia (CE). Seu *slogan*: *"O homem que bebe, mas faz"*.

Alguns nomes de candidatos a deputado estadual e federal inscritos nos diversos Tribunais Regionais Eleitorais do Brasil, ano de 2002:
- *Bruce Willis*
- *Clóvis Pipoquinha*
- *Gorda da Feira*
- *Linguiça do Circo*
- *Mão de Onça*
- *Pateta*
- *Seu Madruga*
- *Zé Cadela*
- *Zé Pilim*

Em 2008, o PDT de Campos (RJ) lançou a candidatura a vereador de Adilson Cocô. Na hora de gravar o programa eleitoral gratuito, a produção sugeriu que o nome fosse mudado. Cocô resistiu bastante, alegando ser conhecido assim por ser desentupidor de fossa. Foi precisa muita lábia para convencê-lo a mudar. Ficou Adilson Limpa-Fossa.

Defunto, candidato a deputado em Mogi das Cruzes (SP), 2004. Seu *slogan*: *"Político bom é político morto, vote no Defunto"*.

Paulo Burro (PPS), candidato em Xerém (RJ).
Seu *slogan*: *"Um burro no meio de raposas"*.
Sua promessa: *"Trabalhar igual a um burro de verdade"*.

Sônia Perereca (PL), Mogi das Cruzes (SP).
Seu *slogan*: *"Chega de engolir sapos, vote na Perereca!"*.

Campanha política de 2004. Candidatos em destaque:
- *Maria Canhão (PMDB – Mesquita, RJ)*
- *Tião Mala Cheia (PTB – Itaboraí, RJ)*
- *Mixaria (PSDC – Itaboraí, RJ)*
- *Luiz Sangue Bom (PTB – Nova Iguaçu, RJ)*
- *Uílson Pé no Chão (PSDB – Nova Iguaçu, RJ)*
- *Tá na Bênção (PDT – Resende, RJ).*

Cornelson, apelido adotado por Paulo Renato da Silva, candidato a vereador em Natal (RN), em 2008 pelo PP. No material de campanha ele aparece com um chapéu de couro com dois enormes chifres.
Seu *slogan*: *"Chega de traição!"*.

Robin, apelido adotado por Jaelson Gomes Mota, candidato a vereador em Aracaju (SE) pelo PTN. Ele aparece em sua campanha devidamente vestido de Robin, o fiel amigo do Batman.
Sua promessa: *"Ser um super-herói na Câmara"*.

"Votem em mim, ou eu conto quem saiu comigo."
Paulo Vesgo, candidato gay a vereador (PPB), em Bagé (RS), em 2000.

"Ruim por ruim, vote no Ruy."
Slogan da campanha do candidato Ruy Pieri à prefeitura da cidade paulista de Franca. Para chamar a atenção dos eleitores, visitava os bairros montado em um jegue: *"Como a gasolina está muito cara, não tenho outra opção"*.

"O senhor quer dizer que há duas Coreias?"
Embaixador americano designado para o Extremo Oriente, ao ser perguntado em uma sabatina no Senado sobre a sua opinião a respeito do conflito entre Coreia do Sul e Coreia do Norte.

"Determinei à Caixa Econômica e aos bancos do Estado a concessão de empréstimos agrícolas a prazos curtos e juros longos."
Benedito Valadares, então governador de Minas Gerais, discursando em uma exposição agropecuária em Curvelo.
"É o contrário, governador", corrigiu um assessor em voz alta.
"Desde que o dinheiro venha, os pronomes não têm importância."

"Aqui no ministério temos outras e mais urgentes situações para resolver."
Jorge Luna, então Ministro do Trabalho do Peru, ao ser informado de que mineradoras de ouro na selva estavam escravizando milhares de crianças.

"Por que teríamos raças diferentes, se fosse vontade de Deus

que todos nós fôssemos iguais e convivêssemos juntos?"
Lester Madox, ex-governador da Geórgia (Estados Unidos).

"Parentes são criaturas humanas e indefesas, e não esses monstros que estão querendo pintar."
Gerson Peres, deputado que havia contratado duas pessoas da família para o seu gabinete, diante discussão na Câmara dos Deputados sobre nomeação de parentes.

"Eles estavam desempregados. E está escrito na Bíblia: 'Mateus, Mateus, primeiro os teus'."
Themístocles Sampaio, deputado federal, explicando por que contratou três filhos e um neto para trabalhar em seu gabinete.

"A pena de morte é o reconhecimento, por nossa sociedade, da santidade da vida humana."
Orrin Hatch, senador republicano de Utah (Estados Unidos), explicando por que era favorável à pena de morte.

"Ele é lindo, jovem e bronzeado."
Silvio Berlusconi, primeiro-ministro italiano, comentando a aparência de Barack Obama, presidente dos Estados Unidos.

"A perda das vidas será irreversível."
Dan Quayle, pseudônimo de James Danforth Quayle III, ex-vice-presidente dos Estados Unidos, durante o mandato de George H. W. Bush (1989-1993).

"Acredito que somos parte de uma tendência irreversível para mais liberdade e democracia. Mas isso pode mudar."
Dan Quayle

"Duela a quem duela..."
Fernando Collor de Mello, ex-presidente do Brasil.

"Obrigado. Pena que eu não saiba jogar futebol."
Fernando Henrique Cardoso, agradecendo a bola de basquete autografada por Oscar (craque brasileiro) que o deputado Dino Fernandes lhe deu de presente.

"Quero me certificar de que todos os que têm um emprego querem um emprego."
George Herbert Walker Bush, o 41º presidente dos Estados Unidos (1989-1993), discursando em campanha para a presidência.

"A grande maioria de nossas importações vêm de fora do país."
George Walker Bush, o 43º presidente dos Estados Unidos (2001-2009).

"Não é a poluição que está prejudicando o meio ambiente. São as impurezas no ar e na água."
George Walker Bush

"Hei de fazer do Brasil o líder dos países pobres."
Luiz Inácio Lula da Silva, em uma de suas campanhas presidenciais.

"Tenho a honra de ter trabalhado por 36 anos com carteira assinada."
Luiz Inácio Lula da Silva. Frase dita no ano de 2001, quando era presidente de honra do PT (Partido dos Trabalhadores). Se

Lula começou a trabalhar aos 14 anos, ficou no batente 36 anos e havia 29 estava dedicado ao sindicalismo e à política, deveria estar, na época, com 79 anos de idade.

"Minha mãe era uma mulher que nasceu analfabeta!"
Luiz Inácio Lula da Silva, discursando no ano de 2004, no Dia Internacional da Mulher.

"Se está com desejo sexual, estupra, mas não mata!"
Paulo Salim Maluf, em plena campanha presidencial, no ano de 1989, ao se referir a casos de violência.

"Professora não é mal paga, é mal casada."
Paulo Salim Maluf durante uma greve de professores, quando era governador de São Paulo (1979-1982).

"Agora estamos tentando fazer com que o desemprego aumente, e acho que vamos ter êxito."
Ronald Reagan, ex-presidente dos Estados Unidos, em discurso de levantamento de fundos para o Partido Republicano.

"Gostaria de partilhar o sonho americano com o povo da Bolívia..."
Ronald Reagan, no ano de 1982, em visita oficial ao Brasil.

"A taça de nossos problemas está transbordando, mas, felizmente, ainda não está cheia."
Sir Boyle Roche, irlandês, membro do Parlamento Britânico pela Irlanda, armado cavaleiro nos idos de 1776 e, segundo reza a lenda, nascido com propensão para dizer asneiras.

"Um homem não pode estar em dois lugares ao mesmo tempo, a menos que ele seja uma ave."
Sir Boyle Roche

"Metade das mentiras que nossos adversários dizem sobre nós não é verdade."
Sir Boyle Roche

"Criancinhas que não podiam andar nem falar corriam pelas ruas amaldiçoando seu Criador."
Sir Boyle Roche

"Em todos os caminhos não trilhados do futuro vejo pegadas de uma mão invisível."
Sir Boyle Roche

"Enquanto escrevo esta carta tenho uma pistola em uma das mãos e uma espada na outra."
Sir Boyle Roche

"Estamos com um grande problema: não temos nada para comer e nenhum vinho para beber, exceto uísque."
Sir Boyle Roche, em carta a um amigo sobre as tristes condições da Irlanda (século XVIII).

"Cachorro é um ser humano como qualquer outro."
Antônio Rogério Magri, Ministro do Trabalho no governo Collor, ao ser pego em flagrante levando sua cachorra ao veterinário a bordo de um carro oficial.

"O animal é gente como a gente."
Cesar Maia, então prefeito do Rio de Janeiro, justificando a criação da Secretaria Extraordinária de Defesa dos Animais.

"Recebemos ontem de manhã vultosa soma de uma fonte desconhecida, cuja imensa generosidade é bem conhecida de todos nós..."
Líder político francês, comentando um grande donativo em dinheiro recebido por seu partido político.

"Estamos lançando esta inovação pela primeira vez."
Jimmy Walker, ex-prefeito da cidade de Nova York.

"Vaidade feminina é coisa de mulher."
Rosinha Matheus, então governadora do estado do Rio de Janeiro.

"Por que judeus e árabes não podem se reunir e discutir a questão como bons cristãos?"
Arthur Balfour, estadista britânico, primeiro-ministro e ministro do exterior, sobre a crise no Oriente Médio.

"A sepultura vazia, onde jazem todas as nossas indústrias arruinadas."
J. Ramsay MacDonald, então líder do Partido Trabalhista, mais tarde primeiro-ministro da Grã-Bretanha, durante um debate.

"Nós não sequestramos, nós retemos as pessoas."
Domingos Bernardes, comandante da Frente Internacional do Exército de Libertação Nacional – ELN, em entrevista no ano de 2000.

"Cada um me chama para um partido. Estou num diadema incrível."
Autor desconhecido, declarando-se lisonjeado, porém em dúvida, diante de alguns convites que recebera para filiar-se a partidos políticos diferentes.

"Está havendo decomprissão da lei."
Mário Del Rey, vereador, durante debate com o secretário de transporte na Câmara Municipal do Rio de Janeiro. Na mesma ocasião, mais adiante, culpou os *algores* (algozes) da sociedade.

"Dizem que eu tenho um defeito, que eu sou cachaceiro. Mas isso é mentira. Cachaceiro é quem fabrica cachaça, eu sou consumidor."
Domingos Pontes, o Domingão, então prefeito de Caucaia (CE), também conhecido como "o homem que bebe, mas faz".

"Eu desejo o bem. Por conseguinte, quem não concordar comigo é um traidor."
George III, da Inglaterra.

"A eleição de Lula são fadas contadas."
Sílvio Pereira, então Secretário Nacional do PT (partido dos Trabalhadores).

"Eu queria cumprimentar os gays, as lésbicas e os transgênicos."
Gastão Wagner, secretário executivo do Ministério da Saúde, no lançamento de um programa federal contra a homofobia (2004).

"A situação é de extrema gravidez."
Ivan Moreira, vereador brasileiro, sobre as dificuldades de relacionamento na Câmara Municipal do Rio de Janeiro.

"A C&A estava por trás desses atentados contra Fidel Castro."
Edmilson Valentim, deputado brasileiro, trocando a CIA (Agência Central de Inteligência dos Estados Unidos) pela C&A (loja de departamentos).

"Quanto mais matanças e homicídios temos, mais devastação evitamos."
Richard M. Daley, ex-prefeito de Chicago, filho do ex-prefeito Dale, comentando sobre o aumento da taxa de criminalidade em sua cidade.

"Se a taxa de criminalidade caísse 100%, ela ainda seria 50 vezes mais alta do que deveria ser."
John Bowman, vereador americano, comentando a violência em Washington.

"O que realmente causa os maus-tratos de maridos é a família pequena. Se todas as mulheres tivessem um bocado de irmãos, isso nunca aconteceria."
Charles Poncy, deputado de Iowa (Estados Unidos).

"Ninguém precisa ficar preocupado. Gente de fora, ninguém do Estado deixa matar."
Ronaldo Lessa, prefeito de Maceió (AL), preocupado com o burburinho de que o assassinato de Paulo Cesar Farias em Maceió (1996) interferiria negativamente no turismo da região, tentando "tranquilizar" os turistas.

"Adoro esportes. Sempre que posso, vejo o Detroit Tigers no rádio."
Gerald Ford, ex-presidente dos Estados Unidos.

ASNEIRAS DO MUNDO EMPRESARIAL

Acho fascinante pensar que em todo e qualquer empreendimento, mesmo naqueles mais bem-sucedidos, que encabeçam as listas das melhores e maiores organizações, existem pessoas cometendo uma infinidade de asneiras por dia!

É mais interessante, ainda, se lembrarmos que tal capacidade de dizer ou fazer asneiras é bastante democrática e acomete profissionais pertencentes a todos os cargos da cadeia alimentar empresarial. E, embora exista um sem-número de publicações sobre o mundo dos negócios, todas omitem esse lado B e apresentam apenas histórias de sucesso, gráficos rebuscados, indicadores, tendências e todo aquele volume de informações, nos privando dessa riqueza de material que você vai ter o prazer de saborear neste capítulo: as Asneiras do Mundo Empresarial.

Clara, secretária, "organizou" o arquivo contendo apenas a letra "P". As pastas eram assim denominadas: "Pasta de Recibos"; "Pasta de Cópias"; "Pasta de Relação dos Bens Inventariados" etc.

Na mesma linha, Vanda, que trabalhava na redação do Informativo Gerencial de uma grande empresa, precisou consultar o arquivo na ausência de sua secretária, quando se deparou com a seguinte organização: duas grandes pastas separadas pelas letras "A" e "O" – "A Economia"; "As Citações"; "Os Aniversariantes de Julho"; "O Dólar" etc.

Ao visitar a Agência Publicitária Propeg, que tinha a conta de sua ONG Onda Azul, Gilberto Gil não foi percebido, no elevador, por Cyd Alvarez, presidente da agência, que perguntou ao motorista da empresa:
"Já foi buscar a fera?"
Ao perceber a gafe do patrão, o humilde funcionário, tentando ser gentil com o cliente e mencionar a presença dele em tão exíguo recinto, disse:
"Seu Gilberto, sou fã daquela música sua..."
"Qual?" – quis saber Gilberto Gil, o cliente.
"Como Uma Onda no Mar" – respondeu o motorista (a música citada é de Lulu Santos e Nelson Motta).

"Você é ourives?", perguntou o cliente em uma joalheria de São Paulo.
"Não, sou Marcelo", respondeu o funcionário.

"A senhora poderia me mostrar os catálogos de decoração de livings*?"*, pediu a cliente.

"Desculpe, mas nossos catálogos são todos de salas", respondeu a atendente.

A cliente olhava uns biquínis em uma loja no Rio de Janeiro, quando perguntou para a atendente:
"Vocês trabalham com Amex?"
"Não, senhora, só com lycra."

A operadora de telemarketing virou-se para sua coordenadora e disse em tom de indignação:
"Menina, o cliente me chamou de cachorra!"
"Mas o que ele disse?"
"Disse que eu não precisava gastar mais meu latim..."

"Resolvido por unanimidade, com um voto contra".
Relatório da diretoria do Banco da Irlanda.

"Proponho, Sr. Presidente, que todos os extintores de incêndio sejam examinados dez dias antes de cada incêndio."
Vendedor, nos Estados Unidos, durante um debate.

"Seu plano de assistência médica será cancelado a partir de 24/9/84, por motivo de sua morte."
Carta do Departamento de Recursos Humanos do Estado de Iowa, Estados Unidos.

"A partir de fevereiro de 1976, seu plano de assistência médica será suspenso... Razão: nosso Departamento foi informado de que o senhor faleceu em 1º de janeiro de 1976."

Carta emitida pelo Departamento de Assistência Médica Pública de Illinois, Estados Unidos.
Item constante dos formulários expedidos pelo Ministério da Saúde do Brasil, em julho de 1999, a ser preenchido por médicos ou familiares do paciente falecido: *"A morte foi fatal ou não fatal?"* – o que a Fundação Nacional de Saúde queria perguntar era se a morte havia sido fetal ou não fetal.

"Se não podem ficar calados, calem a boca!"
Gregory Ratoff, diretor de Hollywood no período de 1930-1940, dirigindo-se a auxiliares.

"Teresa, faz um café pra mim." (Chefe em tom costumeiramente autoritário para sua secretária.)
"Sim, Sr. Clodoaldo."
Minutos depois, a secretária volta:
"Desculpe, Sr. Clodoaldo, mas não vai ser possível fazer o café. Acabou a água."
Em tom de impaciência, responde o sujeito:
"Ora, não me amole, se não dá pra fazer café, faz um mate."

"Por favor, tire uma xerox vice-versa deste documento."
Rapaz no Detran de São Paulo querendo pedir uma cópia frente e verso.

"Um contrato verbal não vale o papel em que está escrito."
Samuel Goldwyn, nascido na Polônia, um dos fundadores da indústria cinematográfica de Hollywood.

"Acho que os senhores pensam que em nossa diretoria metade

dos diretores trabalha e a outra metade nada faz. Na verdade, cavalheiros, acontece justamente o contrário."
Presidente do Conselho de Administração de uma grande empresa, "defendendo" seus colegas diretores.

Dona Iara, que atuava como voluntária em uma igreja, certa vez observou um rapaz com uniforme de faxineiro passar um pano molhado em cima de um monte de poeiras, papéis e toda sorte de lixo. Intrigada, perguntou por que ele estava fazendo aquilo, ao que ouviu: *"Minha tarefa aqui é passar o pano. O que passa a vassoura ainda não chegou, não, senhora"*.

Jorge, um conhecido meu, pediu que sua recém-contratada secretária enviasse um fax para Hélio, seu colega da matriz. A profissional saiu porta afora decidida a cumprir o solicitado. Passado um tempo, Jorge recebe um telefonema do Hélio:
"Jorge, o que está acontecendo aí no seu escritório que eu já estou na oitava cópia do fax que te pedi?"
"Oito cópias? Não acredito, cara! Deixa eu ver o que está acontecendo."
E lá foi ele. Ao aproximar-se da secretária, antes mesmo que Jorge pudesse abrir a boca, ela disse:
"Seu Jorge, eu tô passando o fax que o senhor pediu, mas tem algo errado com essa máquina. Eu coloco o papel desse lado e ele sai do outro. Não sei o que está acontecendo, mas eu continuo tentando."

Um sujeito estava em Lisboa e perguntou a um comerciante se ele fechava no sábado. O vendedor disse que não. No sábado ele foi até a loja e ela estava fechada. Segunda-feira ele afirmou irritado para o sujeito:
"O senhor disse que não fechava!"

O homem respondeu: *"Mas como iríamos fechar se não abrimos?"*
Diálogo presenciado por Vânia, minha irmã:
"Você trabalha em horário integral?"
"Não. Tenho uma hora para almoço."

Uma secretária que atuava no setor de desenvolvimento da Fiocruz (Rio de Janeiro) lavava cuidadosamente as mãos logo após usar o computador. Passado um tempo, seus colegas perguntaram o porquê. *"Todo mundo sabe que computadores vivem cheios de vírus, toda hora vocês acham um novo; como eu não sou boba, lavo as mãos depois de usar, afinal, não quero ficar doente."*

Uma senhora liga para o serviço de suporte ao cliente dizendo estar com problemas no seu computador. O atendente perguntou qual a última coisa que estava escrita no monitor. "Samsung", respondeu a senhora.

Preocupado com os ânimos da equipe, que estavam para baixo, o diretor executivo achou por bem promover umas reuniões motivacionais com vídeos e discussões. Para a primeira reunião ele apresentou um vídeo que tinha como mote *"Tente de novo até conseguir"*, do balonista Maxie Anderson. O diretor ainda fez questão de ler a carta encorajadora de Maxie que vinha junto. Detalhe: Maxie Anderson havia morrido três anos antes, em um acidente de balão.

"Este episódio de 'Mulheres às Carreiras' é uma gentileza do Leite de Magnésia de Phillips."
Harry Von Zell, locutor de rádio, na década de 1950, anunciando

o patrocínio de um produto voltado, entre outras coisas, para prisão de ventre.

Instruções para uso do telefone, afixadas no Zimbabwe Sun Hotel, segundo a *Far Eastern Economic Review*:

"A fim de falar com um hóspede em outro quarto, siga, por favor, estas instruções: 1º andar – acrescente o número 250 ao número do quarto e disque; 2º, 3º e 4º – disque o número necessário; 5º andar – subtraia 250 do número do quarto, e disque, como, por exemplo, para falar com o quarto 510, disque 260, EXCETO no caso do quarto 542, cujo número é 294".

Avisos nas embalagens

"Use como um sabonete normal."
Embalagem de sabonete.

"Sugestão de servir: descongele."
Embalagem de comida congelada.

"Ajusta-se a uma cabeça."
Embalagem de touca de banho de hotel.

"Não passe roupas no corpo".
Embalagem de um ferro de passar roupas.

"Somente para uso dentro e fora de casa."
Embalagem de luzes de Natal chinesas.

"Instruções: abra o saquinho, coma os amendoins."
Embalagem de amendoins da America Airlines.

"O uso destes trajes não o torna apto a voar."
Embalagem de fantasia infantil do Super-Homem.

"Lembre-se: os objetos no espelho estão na realidade atrás de você."
Em um espelho montado em um capacete americano para ciclistas.

Globalização nos cardápios brasileiros

Algumas traduções encontradas em cardápios brasileiros, segundo a Revista de Domingo do jornal *O Globo*:

Churrasco simples = plain steack
Angu à baiana = angu à baiana style
Rã à dorê = frog dorê style
Camarão à paulista = shrimp paulista style
Medalhão com fritas = with fried
Arroz maluco = rice maluce style
Frango à milanesa = chicken fillet milan style
Guarnição campanha = garrison style
Mamão = papaw
Salada de beterraba ao vinagrete = beetroot salad
Salada mista ao Lagoa = mixed salad lagoa style lettuce, tomato, cucumber, beetroot and peas
Queijo prato = prato cheese
Bolinhas de queijo = ball cheese
Tábua de frios = selection of colds
Sanduíche de frios = cold slices sandwich
Carne-seca = sun dried
Filé aperitivo = filet aperitif
Aliche com torradas = with toasts aliche style
Carne assada acebolada = pot roast style

O Bonde

No ano de 1874, final do século XIX, chegava ao Rio de Janeiro o bonde, um transporte revolucionário. O escritor e jornalista Machado de Assis publicou, então, algumas recomendações a respeito do comportamento que deveria ser adotado pelos passageiros. Algumas dessas pérolas:

Dos encatarroados: podem entrar nos bondes com a condição de não tossirem mais de três vezes em uma hora e, no caso de pigarro, quatro.

Da posição das pernas: as pernas devem trazer-se de modo que não constranjam os passageiros do mesmo banco. Não se proíbem pernas abertas, mas com a condição de pagar os outros lugares.

Da leitura dos jornais: cada vez que um passageiro abrir um jornal que estiver lendo, terá o cuidado de não roçar as ventas dos vizinhos.

Dos amoladores: toda pessoa que sentir necessidade de contar os seus negócios íntimos, sem interesse para ninguém, deve primeiro indagar do passageiro escolhido para tal confidência se ele é assaz cristão ou resignado.

Das conversas: quando duas pessoas sentadas a distância quiserem dizer alguma coisa em voz alta, terão cuidado de não gastar mais de quinze ou vinte palavras e sem alusões maliciosas, principalmente se houver senhoras.

Das pessoas com morrinha: as pessoas que tiverem morrinha podem participar do bonde indiretamente, ficando na calçada e vendo-o passar de um lado para outro.

Do pagamento: quando o passageiro estiver ao lado de um conhecido e notar que ele procura o dinheiro com certa vagareza ou dificuldade, deve imediatamente pagar por ele, pois é evidente que se ele quisesse pagar teria tirado o dinheiro mais depressa.

Placas/cartazes/anúncios

Tabuleta afixada na porta de uma discoteca no México:
"Apenas sócios e não sócios".

Tabuleta em uma estação ferroviária:
"Cuidado! Tocar nesses fios provoca morte instantânea. Quem for flagrado fazendo isso será processado".

Tabuleta afixada em uma reserva florestal de Teresópolis (RJ) quilômetros após percorrida uma estreita picada já dentro da tal floresta:
"Senhores Visitantes:
Só será permitido o ingresso na trilha mediante assinatura do termo de responsabilidade e pagamento da taxa de uso".

Aviso afixado às portas do Conselho e da cadeia da cidade de Cabrobó (PE) por volta do ano de 1960:
"Da ordem do Exmo. Delegado de Polícia deste município, faço saber aos senhores criminosos que andam perambulando pelas ruas que fujam com urgência, sob pena de serem presos".

Placa colocada na área de lazer de um condomínio residencial:
"Proibido barulho sonoro após as 22 horas."

Placa em um cabeleireiro:
"Corto Cabelo e Pinto".

Placa afixada em uma barbearia em Santo Cristo (RJ):
"Barbearia Unissex".

"Cemitério Memorial do Carmo. O único com qualidade de vida."
Anúncio de venda de jazigos em jornal carioca (setembro de 2000).

Anúncio nos classificados de um jornal de São Paulo:
"Sheila lindíssima, irresistível, seios fantásticos, bumbum de ouro, corpo escultural, nível universitário, poliglota, educadíssima, supercarinhosa. Tenho tantas qualidades que nem sei por que é que fui virar puta!"

Placa em uma loja de beira de estrada:
"Aberto todos os dias
Descanso semanal terça-feira".

"Cuidado!
Lâminas cortantes.
Não toque."
Aviso em obra no Instituto Benjamin Constant, para cegos – Rio de Janeiro, setembro de 2008.

"Haverá uma procissão domingo à tarde nos terrenos do mosteiro. Se chover à tarde, porém, a procissão será realizada pela manhã."
Aviso lido por um pároco, nos Estados Unidos, para conhecimento dos fiéis.

"Aproveite a promoção de desconto: dízimo mais barato aqui."
Placa em um templo da Igreja Evangélica em Rio das Ostras, durante sua inauguração, em janeiro de 2000.

Procurando emprego

Eu gerenciava a área de Recrutamento e Seleção de Pessoal de uma empresa e estávamos selecionando candidatos para uma vaga a emprego. Uma das fases do processo seletivo era uma prova de português de cunho eliminatório. A primeira parte do teste consistia na famosa obra de Gonçalves Dias, "Canção do Exílio". Os candidatos deveriam fazer a leitura silenciosa do texto na primeira página e, na segunda página, responder a algumas perguntas de interpretação do texto.
Corrigíamos as provas quando nos deparamos com a seguinte situação: um dos candidatos achou que era para responder o texto da primeira página. Sua prova ficou assim:

> "Minha terra tem palmeiras, *tem*
> Onde canta o sabiá; *na árvore*
> As aves, que aqui gorjeiam, *galinhas*
> Não gorjeiam como lá." *na árvore.*
> [...]

Diálogo entre a psicóloga e um candidato que participava de um processo seletivo para a vaga de engenheiro:
"Você é casado?"
"Sim, senhora" – respondeu o candidato.
"E como é o seu relacionamento com sua esposa?"
"Ah, umas duas ou três vezes por semana."

Priscila, minha amiga psicóloga, ao entrevistar um candidato a emprego perguntou-lhe sobre seu temperamento e recebeu a seguinte resposta:
"Meu temperamento... bem, vou dar um exemplo pra senhora: arroz de véspera, por exemplo, nem pensar. Alho também é coisa que tenho horror!".

Pergunta em uma ficha de inscrição para soldador:
"O que o leva a procurar este emprego?"
Resposta do candidato: "Um trem e duas condução".

"...a esperança é a única que morre."
Candidato a emprego ao final de sua redação em que procurava transmitir uma mensagem de otimismo sobre os rumos que o Brasil poderia tomar.

Participava de um seminário quando um dos organizadores do evento pediu a palavra para dar um aviso. E começou assim:
"Aviso aos ausentes: a partir de amanhã..."

Ops! Falha nossa...

Um conhecido locutor de rádio fazia seu programa em época de Copa do Mundo quando o produtor faz um sinal e avisa que o Didi está na linha, pronto para a entrevista.
"Nós temos na linha agora um dos maiores humoristas do Brasil de todos os tempos, fantástico na TV e no cinema, carismático, um verdadeiro ícone para as crianças. Mas ele também entende de futebol e tem suas opiniões sobre a nossa seleção brasileira. Boa tarde, Renato Aragão!"
Do outro lado da linha ouve-se o som do telefone sendo desligado. Quem estava na linha era o ex-jogador do Botafogo e da seleção, Didi, o famoso "Folha Seca".
O locutor disse apenas que a linha tinha caído e que a qualquer momento a entrevista seria retomada, o que, claro, não aconteceu.

No início dos anos 70 o cantor e compositor Wilson Simonal fazia um grande sucesso com a música "Tributo a Martin Luther King", de sua autoria em parceria com Ronaldo Bôscoli. Chamado para participar de um dos programas de rádio mais populares de São Paulo, Simonal falava com entusiasmo sobre a música quando o apresentador o interrompeu, perguntando: *"Mas, Simonal, ele foi mártir de quê?"*.

"Fiquem agora com Marcas da Paixão, *a nova novela da Globo."*
Boris Casoy, apresentador do Jornal da Rede Record, anunciando a novela da sua emissora.

"E no sábado outro grande jogo, Flamengo e Cruzeiro, com cobertura total da TV Globo!"
Luciano do Valle, locutor da TV Bandeirantes.

"Noite passada, deixei de mencionar uma coisa que vale a pena repetir."
Ron Fairly, locutor do San Francisco Giants, durante a cobertura de um jogo.

"...e o árbitro foi agora atingido por um objeto estranho, provavelmente atirado por um telespectador!"
Locutor esportivo transmitindo uma partida de futebol em Portugal.

Em 2007 é publicada uma decisão do Superior Tribunal de Justiça com um, digamos, deslize desagradável: *"O REsp n. 443.208/RJ, Relatora a Ministra Nancy Andrighi, DJ de 17/3/03, destacou que a inversão do ÂNUS da prova não tem o efeito de obrigar a parte contrária a arcar com as custas da prova requerida..."*

"No liquidificador, bata a mandioca com o leite de cocô..."
Trecho de uma receita de bobó de camarão publicada no site do programa *Mais Você* (TV Globo).

Ano de 1990. O *Daily Californian* publica a seguinte errata: *"Correção: a 'Grega Especial' é uma enorme pizza de 18 polegadas, e não um imenso pênis de 18 polegadas, como [...] foi descrito erroneamente no anúncio. Pedimos desculpas por qualquer confusão que o anúncio possa ter causado".*

Fevereiro de 1973. O Comando Aéreo do Alasca emite o seguinte memorando: *"Devido a um erro administrativo, o original da carta anexa lhe foi enviado. Um novo original foi preparado e enviado ao AAC/JA (Comando Aéreo, Alasca, Gabinete do Juiz-Auditor Militar). Solicito a gentileza de arquivar esta cópia a carbono e destruir o original".*

Meteorologistas belgas, em meados de 1997, depois de um dia nublado e frio, publicaram a seguinte notinha: *"O Instituto Real de Meteorologia gostaria de se desculpar com os habitantes do centro do país que não puderam desfrutar o clima ensolarado que havíamos previsto para 9 de julho".*

Plataforma ferroviária, horário de pico. Um trem abarrotado de passageiros, em uma das principais estações, prestes a sair, apresentou uma avaria, o que não era raro.
O locutor, então, pediu que os passageiros saíssem daquela composição e se dirigissem para outra plataforma, de onde sairia outro trem em substituição àquele. Porém, tão logo aquela massa humana correu, se espremendo e ocupando o trem indicado, o locutor foi avisado de que aquele também estava impossibilitado de seguir viagem, e, portanto, teria de pedir aos já impacientes passageiros que ocupassem outro trem. Para seu azar, tal fato voltou a ocorrer também com essa composição. Temendo a repercussão de mais esse aviso, e um possível quebra-quebra, achou que seria melhor anunciar o problema

de forma diferente do que lhe era exigido e foi em frente, pegando o microfone e dizendo em alto e bom som:
"Senhores passageiros... por incrível que possa parecer, este trem também avariou. Favor dirigirem-se ao trem da plataforma...."

Por outra vez, na mesma estação, outro locutor criativo e, digamos, despojado, estava cumprindo suas atribuições com um toque bastante pessoal, que julgava ser seu grande diferencial. Em vez de dizer apenas o número da plataforma e a letra da linha que o passageiro deveria pegar, achou por bem ser mais preciso quanto às letras que indicavam as tais linhas. E lá foi ele:
"Trem com destino a Matinho, Plataforma 1, linha C. C de casa.
Trem com destino a São Carlos, Plataforma 3, linha A. A de alvo.
Trem com destino a Penhasco, Plataforma 8, linha B. B de... B de... [e nada lhe ocorreu, até que...] *B de* bunda".

Quando morreu o senador Rui Carneiro, em 1977, Pascoal Carrilho, da rádio Tabajara, emissora oficial do governo da Paraíba, foi destacado para transmitir o sepultamento. O tumulto era imenso, mas Pascoal fazia sua transmissão:
"Senhoras e senhores, muita tristeza entre todos os presentes. Neste momento, vai falar o deputado federal Humberto Lucena..."
Mas, com o tumulto, Pascoal caiu na sepultura. Sem perder a pose, microfone na mão, continuou:
"Senhoras e senhores, é a rádio Tabajara, emissora oficial do governo do Estado, transmitindo de dentro da cova do senador Rui Carneiro..."

"Era nosso conterrâneo mais famoso."
Jésus Divino de Paiva, locutor da rádio de Pains, Minas Gerais, lamentando a morte do urubu "Casemiro", de nove anos, enterrado com pompa na praça principal da cidade.

Má tradução de um trecho do discurso do presidente dos Estados Unidos Jimmy Carter (1977), quando em visita à Polônia:
"Desejo carnalmente os poloneses".

Tradução inicial do *slogan* da Pepsi para o chinês:
"A Pepsi traz seus ancestrais de volta da cova".

ASNEIRAS ESPORTIVAS

O meio esportivo tem contribuído bastante para o acervo das asneiras. Algumas pessoas alegam que o treinamento físico, por ser intenso na vida dos atletas, os distancia de treinamentos mentais e intelectuais. Muitos possuem abdomes absolutamente definidos, mas o mesmo não podemos dizer de suas ideias um tanto confusas. Bem, seja lá qual for o motivo, aqui veremos asneiras e mais asneiras. Muitas delas tornaram-se famosas. Épicas, até.

"Nosso maior adversário somos nós mesmos. Mas acho que ainda vamos ganhar da gente."
Zé Duarte, na época em que foi técnico da seleção feminina de futebol brasileiro.

"O problema desses esportes é que você tem um adversário."
Roberto Shinyashiki, preparador psicológico dos atletas brasileiros na Olimpíada de 2000, explicando o descontrole emocional dos brasileiros.

"Obrigado pelas Brahmas que a Skol me mandou."
Claudiomiro, ex-jogador de futebol do Internacional de Porto Alegre, ao receber uma caixa de cerveja por ser considerado o melhor em campo.

"Na Bahia é todo mundo muito simpático. É um povo muito hospitalar."
Zanata, baiano, ex-lateral do Fluminense, ao comentar sobre a hospitalidade de seus conterrâneos.

"Realmente minha cidade é muito facultativa."
Elivelton, ex-jogador de futebol, falando das muitas escolas de ensino superior existentes em sua cidade natal.

"Não estou preocupado, não. Meu advogado conseguiu um Corpus Christi."
Jogador de futebol brasileiro perguntado por um repórter se estava temendo ser preso por ter se metido em uma encrenca, querendo dizer *habeas corpus*.

"Ele é uma espécie de molde para si mesmo."
Floyd Peters, do Minnesota Vikings.

"Sabe o que me atrapalha mesmo? As malditas barreiras."
Márcio Simão, corredor brasileiro de 110 metros COM BARREIRA, explicando seu fraco desempenho nas Olimpíadas de 2000.

"Não é uma questão de vida ou morte. É mais importante do que isso."
Lou Duva, sobre uma luta entre Mike Tyson e outro boxeador.

"Apesar do pouco tempo que a gente está junto [jogadores da seleção], *a gente já está junto há algum tempo."*
Elano, jogador de futebol da seleção brasileira (2009).

"A partir de agora meu coração tem uma cor só: rubro-negro."
Fabão, zagueiro baiano ao chegar ao clube Flamengo.

"Quando um chinês vai competir, o estádio vem abaixo... literalmente!"
Robson Caetano, ex-atleta e comentarista do SportTV, durante a Olimpíada de 2008 na China.

"Eu, George e Billy somos duas pessoas iguais."
Mickey Rivers, ex-jogador do Texas Rangers, sobre seu relacionamento com George Steinbrenner, proprietário do New York Yankees, e o gerente Billy Martin.

"Estou emocionado em jogar aqui em Belém do Pará, terra que Jesus nasceu..."
Claudiomiro, jogador de futebol do Inter de Porto Alegre, ao disputar uma partida contra o Payssandu pelo Brasileirão, em 1972.

"Corri muito, e quando a gente corre não tem tempo de pensar."
Mirandinha, ex-atacante do Corinthians, explicando por que perdeu gols numa partida de futebol em 1998 contra o Juventude.

"Se não falasse, eu não saberia o que dizer".
Chico Resch, ex-goleiro do New York Islanders.

"Nem que eu tivesse dois pulmões eu alcançava aquela bola."
Bradock, amigo de Romário, reclamando de um passe longo.

"Eu vou me formar dentro do período normal, não importa quanto tempo isso leve."
Rod Brookin, jogador sênior de basquete da Universidade de Pittsburgh.

"Ninguém no futebol pode ser chamado de gênio. Um gênio é um cara como Norman Einstein."
Joe Theismann, comentarista de futebol e ex-jogador.

"Você tem algum parentesco com seu irmão Marv?"
Leon Wood, então zagueiro do New Jersey Nets, conversando com Steve Albert, comentarista de TV.

"Ninguém foi superior ao Palmeiras no campeonato. Só os resultados."
Ênio Andrade, técnico do time, "justificando" a desclassificação após uma vitória (1988).

"Não sei se foi falta de sorte ou azar."
Neto, jogador do Guarani, justificando a perda do título para o Corinthians (1988).

"Todo Napoleão tem seu Watergate."
Danny Ozark, ex-gerente do Philadelphia Phillies, explicando as dez derrotas seguidas do time.

"O Flamengo é uma das equipes aspiradoras ao título."
Joel Santana, ex-técnico de futebol brasileiro.

"Chutei com o pé que estava mais à mão."
João Pinto, ex-jogador de futebol brasileiro.

"Rapazes, façam fila alfabética por altura."
Bill Peterson (1920-1993), técnico de futebol do Florida State.

"Galera, não se esqueça de não vir ao jogo amanhã."
Dizzy Dean (1910-1974), jogador americano de beisebol.

O time da seleção brasileira de futebol chegava a Los Angeles quando um menino perguntou aos jogadores: *"Soccer? Soccer?" ("Futebol? Futebol?")*. Um dos jogadores respondeu: *"Não, o Sócrates está lá atrás"*.

"Agora, como dizem os argentinos, la vaca se fue para el brejo."
Orlando Duarte, comentarista da Rede Bandeirantes, depois do terceiro gol do São Paulo contra o Palmeiras no ano de 2000.

Estavam na concentração do Clube de Futebol Flamengo os jogadores Jamir e Fábio Baiano, quando o segundo, lendo uma revista, comentou:
"Cara, esse cara é muito rico mesmo, olha a casa dele!"
Jamir, então, perguntou de quem se tratava.
"Você não conhece? Este é o Abilio Diniz, dono do Pão de Açúcar."
Então Fábio Baiano arremata:
"Não sabia que esses bondinhos davam tanto dinheiro!"

"O meu clube estava à beira do precipício, mas tomou a decisão correta: deu um passo à frente."
João Pinto, ex-jogador de futebol do Benfica de Portugal.

"Metade deste jogo é 90% mental."
Danny Ozark, ex-gerente do Philadelphia Phillies.

"É preciso 90% de força e 40% de técnica."
Johnny Walker, campeão peso médio mundial de queda de braço, ao explicar o que era necessário para chegar a ser campeão.

"As probabilidades de não vencermos um jogo nesta temporada são de 999 em 100."
Treinador de futebol de uma escola secundária falando ao cronista esportivo Phil Pepe.

"...e assista depois capítulo inédito de Vale a Pena Ver de Novo."
Galvão Bueno, narrador esportivo – TV Globo.

"O meu estado é a Paraíba."
Adilson José Rodrigues, Maguila, ex-pugilista brasileiro.

"Num uso essas coisa não!"
Maguila respondendo à pergunta sobre qual seria seu hobby.

"Esse aqui é inteligente! Fala um monte de língua. É um verdadeiro troglodita!"
Vicente Matheus (1908-1997), ex-presidente do Corinthians.

"Haja o que hajar, sou sempre Corinthians."
Vicente Matheus

"O Sócrates [jogador de futebol] *é invendável, inegociável e imprestável."*
Vicente Matheus

"Jogador tem que ser completo como o pato, que é um bicho aquático e gramático."
Vicente Matheus

"Espero que os corintianos compareçam para naufragar nas urnas a chapa de Vicente Matheus."
Vicente Matheus

"Ele [Steve McQueen] deve ter feito esse filme antes de morrer."
Yogi Berra (Lorenzo Pietro ou Lawrence Peter Berra), ex-jogador de beisebol americano.

"Damos 100% na primeira parte do jogo e, se isso não for suficiente, na segunda parte damos o resto."
Yogi Berra

"Não sei, não estou em forma ainda."
Yogi Berra, ao ser perguntado sobre o número de seu boné.

"Recebo o seguro quando morrer."
Yogi Berra explicando por que comprara uma apólice de grande valor.

"Sempre vá ao funeral dos outros, senão eles não irão ao seu."
Yogi Berra

"Eles jogam de forma irresponsável, mas com responsabilidade."
Wanderley Luxemburgo, técnico da seleção brasileira de futebol, justificando a derrota para os sul-africanos (2000).

"Chegarei de surpresa dia 15, às duas da tarde, voo 619 da Varig."
Mengálvio, ex-jogador de futebol do Santos, em telegrama enviado à família.

"Aí falei: 'Não foi falta, seu burro'. Mas não ofendi o juiz."
Roberto Carlos, então jogador de futebol do Palmeiras, explicando o que acontecera em uma partida que o levou à expulsão.

ASNEIRAS ACADÊMICAS

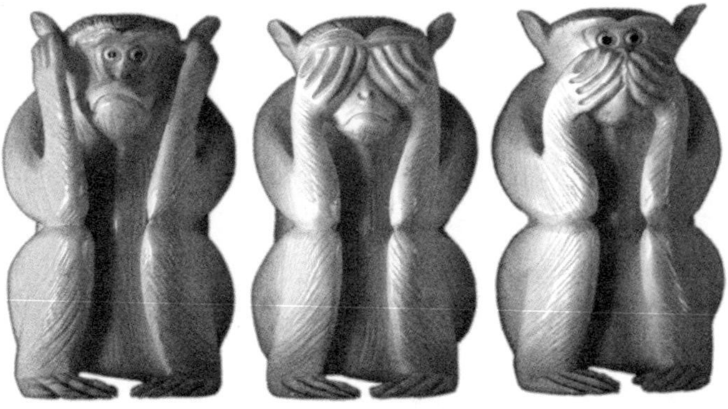

As atrocidades que ocorrem em sala de aula são muitas vezes inimagináveis. Em sua maioria, tendemos a achar que foi brincadeira, gozação, distração ou coisa parecida, mas, infelizmente, é a mais pura realidade. Muitas das asneiras que aqui veremos podem ser fruto de uma ignorância abissal, mas vamos reconhecer que a criatividade também está em alta. Estudantes brasileiros, vítimas de um ensino achincalhado, cometem asneiras de grande porte, sempre que lhes é dada oportunidade. Mas veremos que nossos mestres também dão suas contribuições aqui e ali.

"Esperava um resultado pior."
Maria Helena Guimarães, secretária de Educação Superior do Ministério da Educação – MEC, sobre o Brasil ter ficado em último lugar numa avaliação internacional de educação.

"É claro que eu sei que Lênin fez parte dos Beatles."
Estudante russa respondendo a uma pesquisa de rua.

ENEM 1 (Exame Nacional do Ensino Médio)

Trechos das redações dos estudantes que participaram do ENEM e tinham de dissertar sobre Ecologia.

"O nosso ambiente ele estava muito estragado e muito poluido por causa que, os outros não zelam pelo ar puro."

"O serumano no mesmo tempo que constrói também destrói, pois nós temos que nos unir para realizarmos parcerias."

"Vamos mostrar que somos semelhantemente iguais."

"...agir de maneira inesperável."

"...eles matam não somente aves mas também os desmatamentos de animais também precisam acabar."

"morrem queimados e asfixiciados."

"Hoje endia a natureza..."

"No paíz enque vivemos, os problemas cerrevelam..."

"...menos desmatamentos, mais florestas aborizadas."

"...provocando assim a desolação de grandes expécies raras."

"O que é de interesse de todos nem sempre interessa a ningém individualmente."

"A natureza foi descoberta pelos homens há 500 anos atrás."

"A natureza brasileira só tem 500 anos e já está quase se acabando."

"Eles querem que nós nos matemos por eles a única solução é alugar o Brasil para os outros."

"Não preserve apenas o meio ambiente e sim todo ele."

"Nos dias atuais a educação está muito precoce."

"O maior problema da floresta Amazonas é o desmatamento dos peixes."

"O desenvolvimento trás grandes lados positivos e negativos para o meio ambiente."

"Nesta terra ensi plantando tudo dá."

"Isso tudo é devido aos raios ultra-violentos."

"Existem dois tipos de animais: os que vivem em cativeiro e os que não vivem. Ultimamente, surgiram um terceiro tipo que corresponde aqueles os que são presos pela polícia federal. Todos os fiscais são subordinados. É a propina."

"Tudo isso colaborou com a estinção do micro-leão dourado."

"Ultimamente não se fala em outro assunto anonser sobre..."

"Os araras azuis ficavam sobe vuando a mata."

"...são formados pelas bacias esferográficas."

"Os animais acabam sem água para beber e para tomar banho."

"O direito humano para mim tinha que ser igual para todos."

"Na época de Cristo não havia indústrias para poluir e assim mesmo havia problemas sociais entre os povos."

"Os homens brasileiros, estão acabando com tudo, as árvores para desmar para fazer taúba e outra coisa."

"O homem não está mais valorizando a sua pátria ambiental."

"Precisa-se começar uma reciclagem mental dos humanos, fazer uma verdadeira lavagem celebral em relação ao desmatamento, poluição e depredação de si próprio."

"A concentização é um fato esperançoso para o território mundial."

"Espero que isso mude aqui no Paraná, que não seja como os outros países."

"Vamos deixar de sermos egoístas e pensarmos um pouco mais em nós."

"O sero manu..."

"O Euninho..." (El Niño)

"Na Amazonas está sendo a maior derrubagem e extração de madeira do Brasil."

"O problema ainda é maior se tratando da camada Diozoni!"

"Por isso eu luto para atingir os meus obstáculos."

"A situação tende a piorar: pessoas da floresta Amazônica destróem a Mata Atlântica."

"Na verdade, nem todo desmatamento é tão ruim. Por exemplo, o do Aeds Egipte seria umbom benefício para o Brasil."

"Imaginem a bandeira do Brasil. O azul representa o céu, o verde representa as matas, e o amarelo o ouro. O ouro já foi roubado e as matas estão quase se indo. No dia em que roubarem nosso céu, ficaremos sem bandeira."

"Eu concordo em gênero e número igual."

"As vezes penso comigo mesmo e chego a mesma conclusão que chegou Renato Russo: Que país é esse?"

ENEM 2 (Exame Nacional do Ensino Médio) – 2008.

Trechos das redações dos estudantes que participaram do ENEM e tinham de dissertar sobre aquecimento global.

"O problema da Amazônia tem uma percussão mundial. Várias Ongs já se estalaram na floresta."

"Vamos nos unir juntos de mãos dadas para salvar o planeta."

"A floresta ta ali paradinha no lugar dela e vem o homem e créu."

"Tem que destruir os destruidores por que o destruimento salva a floresta."

"O grande excesso de desmatamento exagerado é a causa da devastação."

"Espero que o desmatamento seja instinto."

"A floresta está cheia de animais já extintos. Tem que parar de desmatar para que os animais que estão extintos possam se reproduzirem e aumentar em seu número respirando um ar mais limpo."

"A emoção dos poluentes atmosféricos aquece a floresta."

"Tem empresas que contribui para a realização de árvores renováveis."

"Animais ficam sem comida e sem dormida por causa das queimadas."

"Precisamos de oxigênio para nossa vida eterna."

"Os dematadores cortam árvores naturais da natureza."

"A Amazônia tem valor ambiental ilastimável."

"Explorar sem atingir árvores sedentárias."

"Paremos e reflitemos."

"A floresta amazônica não pode ser destruída por pessoas não autorizadas."

"Temos que criar leis legais contra isso."

"A Amazônia está sendo devastada por pessoas que não tem senso de humor."

"A cada hora, muitas árvores são derrubadas por mãos poluídas, sem coração."

"A Amazônia está sofrendo um grande, enorme e profundíssimo desmatamento devastador, intenso e imperdoável."

"Vamos gritar não à devastação e sim à reflorestação."

"Uma vez que se paga uma punição xis, se ganha depois vários xises."

"A natureza está cobrando uma atitude mais energética dos governantes."

"O povo amazônico está sendo usado como bote expiatório."

"O aumento da temperatura na terra está cada vez mais aumentando."

"Na floresta amazônica tem muitos animais: passarinho, leões, ursos, etc."

"Convivemos com a merchendagem e a politicagem."

"Os dismatamentos é a fonte de inlegalidade e distruição da floresta Amazônia."

ASNEIRAS
DO DIA A DIA

Se há uma coisa neste mundo que é universal, é a asneira. Todo dia estamos sujeitos a nos deparar com vários tipos de asneira. Desde aquelas cabeludas até as quase inofensivas. Neste capítulo estão aquelas asneiras que aparecem do nada em nossas vidas. Muitas favorecidas, certamente, pelo total desconhecimento das regras básicas de nossa língua pátria.

Arquitetura

Meu primo Cesar foi convidado para um churrasco, quando o dono da casa estaria estreando sua churrasqueira. Tão logo meu primo chegou, lá foi ele mostrar sua mais nova "menina dos olhos", gabando-se de ter sido ele mesmo o responsável pelo projeto. Cesar observou que ela havia sido construída com material de primeira e que tinha um aspecto realmente diferente de todas as churrasqueiras que já havia visto até então, quando o sujeito esclareceu orgulhoso:
"Não é uma beleza? Pode falar... você nunca viu nada igual. Uma verdadeira obra-prima. Fui eu mesmo quem inventei essa lindíssima chaminé em formato de L".
Resumindo a história, foi só inaugurar a churrasqueira que, minutos depois, o ar estava absoluta e irremediavelmente tomado de fumaça.

Um amigo meu arquiteto estava com uma cliente, discutindo o projeto da casa que ela queria construir. Lá pelas tantas a mulher disse que não iria abrir mão de "beduíno na fachada". Julgando ter ouvido mal, ele pediu a ela que repetisse. *"Beduíno, sim senhor"* – disse ela, sem cerimônia. Claro que ele sabia que não se tratava do significado real, e, com ares de curiosidade e modéstia, confessou sua ignorância no assunto. A cliente, então, pegou a lapiseira de sua mão e rabiscou uma janela na fachada, que meu amigo reconheceu como sendo uma *bay window*.

Asneiras policiais

"A vítima foi encontrada às margens do rio Sucuriú, retalhada em quatro pedaços, com os membros separados do tronco, dentro de um saco de aniagem, amarrado e atado a uma pesada pedra. Ao que tudo indica, parece afastada a hipótese de suicídio."
Relatório redigido por um delegado de Mato Grosso sobre um crime político.

Relatório feito pelo sentinela noturno ao seu comandante de dia sobre o plantão realizado naquela noite:
"Por volta de três horas da manhã, um elemento estranho rumava em minha direção, visivelmente embriagado, urinando em zig-zag. *Só não me atingiu com sua urina porque eu me dirigi ao elemento em* zag-zig*".*

Em São Paulo, no início de 1997, uma senhora esfaqueou e matou o marido que chegou em casa bêbado e a importunou. Antes de confessar o crime, a assassina foi espontaneamente à delegacia e disse que o marido havia sido morto por um desconhecido. No boletim de ocorrência, registraram o seguinte no espaço destinado ao nome do morto: *"Não presente ao plantão".*

Asneiras avoadas

Meu pai estava internado em um hospital, recuperando-se de um enfarte. Mamãe estava fazendo-lhe companhia. Certo dia, eles receberam a visita da paciente do quarto ao lado, uma senhora de idade avançada e com a saúde bastante debilitada. Durante a conversa, a senhorinha comenta com ares tristes: *"É, daqui eu saio direto pro Caju"* (como é chamado um cemitério do Rio de Janeiro, que fica no bairro de mesmo nome). Minha mãe, porém, displicentemente, solta sua pérola: *"Ah, a senhora mora lá?"*. Meu pai quase teve um segundo enfarte, logo após dar-lhe um sutil cutucão com o cotovelo.

Minha prima Rosana conversava sobre viagens com uma senhora conhecida da família, que já havia passado dos 80 anos. Rosana ouvia as histórias da senhora que já havia viajado quase o mundo todo, até que a mulher diz após um suspiro: *"É, minha filha, agora eu estou me preparando mesmo é para minha última viagem...!"*. Sem perder o entusiasmo, minha prima pergunta: *"É mesmo? E a senhora vai pra onde?"*.

Soube de um caso em que o suboficial, sujeito irremediavelmente avoado, ao fazer a "chamada", gritou, com aquele tom solene que a situação exige, o próprio nome. Como não ouvira a resposta acusando presença, repetiu o nome e, então, concluiu com a mesma solenidade: *"Falta!"*.

Um colega meu, no auge de seu desligamento, certa vez telefonou para o amigo Alberto, que não via já fazia algum tempo. Esse amigo tinha o mesmo nome que o pai. A senhora que atendeu ao telefone disse a ele, consternada: *"Ah, meu filho, ele foi desta para outra"*. Sem pestanejar, meu conhecido pergunta de volta, para desespero e indignação da senhora, que devia ser a infeliz viúva: *"A senhora me desculpe, mas eu precisava muito falar com ele. A senhora poderia me dar o telefone da outra?"*. De consternada a mulher passou a ofendida, achando que meu colega estava brincando com algo que não devia, e danou a dizer-lhe impropérios.

Guilherme, meu amigo, trabalhava em sua sala quando uma subordinada recentemente transferida procurou-o para relatar suas amarguras conjugais, as quais ele não estava muito interessado em ouvir, estando muito mais preocupado com a pilha de coisas que tinha para fazer. Esforçando-se, porém, para não parecer grosseiro, simulava um mínimo de atenção ao que lhe era dito, enquanto mentalmente pensava nos problemas de trabalho, até que lá vem mais uma dessas analogias que servem como verdadeiras armadilhas para pessoas displicentes: *"...inclusive meu marido não me procura mais"*. E Guilherme responde naturalmente: *"Mas você tem certeza de que já deu o telefone novo daqui?"*.

Agosto de 1999, região oceânica de Niterói (RJ): Izidro da Cunha Fernandes, de nacionalidade portuguesa e procurado pela polícia há três meses, sob acusação de estelionato, com mais de 51 inquéritos contra ele, comete um descuido e vai preso. Num dos cheques roubados que passara no comércio em Itaipu, escreveu o próprio endereço no verso.

Ao receber a conta em um restaurante no Rio de Janeiro, a senhora, visivelmente irritada, virou-se para o garçom:
"Não vou pagar o couvert *artístico! Não comi nada!"*

"Moço, gostaria de uma mesa onde não sentisse cheiro de carne, pois o casal é vegetariano."
Cliente chegando acompanhada de um casal de amigos a uma churrascaria no Rio de Janeiro.

Antônio estava servindo no Exército e um dia dirigiu-se ao seu oficial:
"Senhor, o meu cobertor está furado."
"Então vira do avesso, soldado."

"Minha igreja ficou um tesão."
Padre Joaquim Raimundo Braz, da cidade paranaense de Matinhos, sobre a pintura realizada em sua paróquia (fevereiro de 1997).

Americanos confusos

Pesquisa do Ministério das Relações Exteriores e do BID feita nos Estados Unidos, no ano de 2000:
23% dos americanos acreditam que a capital do Brasil é Buenos Aires.
39% acham que aqui se fala espanhol.

"Senhoras sem distinção de sexo serão bem-vindas."
Prospecto convidando mulheres para um comício nos Estados Unidos (década de 50).

Avisos afixados em igrejas

"As reuniões do grupo de recuperação da autoconfiança são nas sextas-feiras, às oito da noite. Por favor, entrem pela porta traseira."

"Na sexta feira às sete, os meninos do Oratório farão uma representação da obra Hamlet*, de Shakespeare, no salão da igreja. Toda a comunidade está convidada para tomar parte nesta tragédia."*

"Prezadas senhoras, não esqueçam a próxima venda para beneficência. É uma boa ocasião para se livrar das coisas inúteis que há na sua casa. Tragam os seus maridos!"

"Assunto da catequese de hoje: 'Jesus caminha sobre as águas'. Assunto da catequese de amanhã: 'Em busca de Jesus'."

"O preço do curso sobre 'Oração e jejum' inclui as comidas."

"Por favor, coloquem suas esmolas no envelope, junto com os defuntos que desejem que sejam lembrados."

"Lembrem-se de que quinta-feira começará a catequese para meninos e meninas de ambos os sexos."

Conselhos do passado

"Não se deve irritar o homem com ciúmes e dúvidas."
Jornal das Moças, 1957.

"Se desconfiar da infidelidade do marido, a esposa deve redobrar seu carinho e provas de afeto".
Revista Claudia, 1962.

"Se o seu marido fuma, não arrume briga pelo simples fato de cair cinzas no tapete. Tenha cinzeiros espalhados por toda a casa."
Jornal das Moças, 1957.

"O lugar da mulher é no lar. O trabalho fora de casa masculiniza."
Revista Querida, 1955.

"A desordem em um banheiro desperta no marido a vontade de ir tomar banho fora de casa."
Jornal das Moças, 1945.

"A mulher deve fazer o marido descansar nas horas vagas. Nada de incomodá-lo com serviços domésticos."
Jornal das Moças, 1959.

"A esposa deve vestir-se depois de casada com a mesma elegância de solteira, pois é preciso lembrar-se de que a caça já foi feita, mas é preciso mantê-la bem presa."
Jornal das Moças, 1955.

"A mulher deve estar ciente de que dificilmente um homem pode perdoar uma mulher por não ter resistido às experiências pré-nupciais, mostrando que era perfeita e única, exatamente como ele a idealizara."
Revista Claudia, 1962.

"Mesmo que um homem consiga divertir-se com sua namorada ou noiva, na verdade ele não irá gostar de ver que ela cedeu".
Revista Querida, 1954.

"O noivado longo é um perigo."
Revista Querida, 1953.

"É fundamental manter sempre a aparência impecável diante do marido."
Jornal das Moças, 1957.

Trocando as bolas

A cliente conversava com sua manicure sobre a disputa dos candidatos para a presidência dos Estados Unidos (2008), quando exclamou:
"Incrível como o Obama é carismático!".
"Ih, nem sabia que a religião dele era essa!"

"Coma à vontade. Esse bacalhau é da melhor qualidade. É um autêntico bacalhau da Nicarágua!"
Sujeito querendo enaltecer o bacalhau da Noruega.

"Passei o dia inteiro no Detran. Quanta democracia pra vistoriar um carro!"
Taxista reclamando da burocracia do Detran.

Uma amiga me contou que conversava com sua prima, e esta, muito chateada com a empresa em que trabalhava, disparou:
"Estou decidida! Vou colocar a empresa na justiça! Só falta o dinheiro para pagar os itinerários!".

"O problema é que ele fuma desde os 13 anos, é um fumante invertebrado."
Caixa de um supermercado explicando para a empacotadora a dificuldade do marido em parar de fumar.

ASNEIRAS DE RICOS & FAMOSOS

Neste capítulo analisaremos as asneiras dos ricos e famosos. Atitudes que, para nós que não somos nem uma coisa nem outra, soam como bizarras ou excêntricas. Muitas delas nos fazem lembrar o que o economista, político e filósofo escocês Adam Smith disse certa vez: "O principal uso da riqueza consiste na exibição da riqueza". Vamos conferir, também, frases e comentários que nos fazem pensar que, muitas vezes, famosos também (não) pensam.

"Não tenho a menor vocação para estrelismos. Prefiro andar de Mercedes que de Limusine."
Valeria Mazza, modelo argentina.

"Se eu não fosse bonita, seria professora."
Linda Evangelista, modelo canadense.

"Estou louca para ir a Nova York. Eu sempre quis conhecer a Europa."
Carla Perez, dançarina e cantora.

"Adoro Beethoven, especialmente os poemas."
Ringo Starr, baterista inglês (Beatles).

"É que meu pai é escocês e eu sou descendente dele."
Mary Mc, modelo, ao ser perguntada sobre a origem do seu nome.

"Eu sou muito cético em relação a tudo isso, mas acredito."
Dado Villa-Lobos, guitarrista brasileiro, sobre astrologia e I-Ching.

"O gênero que mais curto é comédia. Eu estava lendo o livro do Jô [Soares], mas parei e agora vou começar A Divina Comédia."
Susana Werner, modelo e apresentadora de TV.

"São 29 horas e 37 minutos."
Gloria Maria, apresentadora do programa de TV *Fantástico*.

"Gostaria de conhecer o Egito. Adoro mitologia grega."
Mônica Carvalho, atriz brasileira, durante entrevista.

"Vamos passar 15 dias no Egito e depois vamos ao Cairo."
Rosane Collor de Mello, ex-primeira dama do Brasil, explicando para onde viajaria em lua de mel.

"É aí que a cobra torce o rabo..."
Ana Maria Braga, apresentadora de TV.

No programa *Mais Você*, da TV Globo, Ana Maria Braga afirmou que a castanha-do-pará, ingrediente que utilizava no preparo de um bolo, fazia parte da FAUNA brasileira. Detalhe: a apresentadora é formada em Biologia.

"Esse xampu tem PhD balanceado."
Luciana Gimenez, modelo e apresentadora de TV.

"Vocês usam instintores de incêndio?"
Luciana Gimenez, ao conversar com um integrante do Grupo de Prevenção de Incêndios Águia de Fogo.

"Não tirei a roupa. Apenas fiquei nu."
Carlinhos Brown, cantor e compositor.

"Mulher que anda a cavalo é arizona."
Joana Prado, a "Feiticeira", modelo participante do programa *Casa dos Artistas 2*.

Programa de auditório *Raul Gil*, pergunta para pagodeiros do grupo "Os Travessos": "Nome de um objeto de quarto de hotel com a letra 'c'".
Resposta: *"Quadro"*.
"Quadro não vale", respondeu Gil.
"Xampu!", gritaram os pagodeiros.

"Nossas comédias não devem ser objeto de riso."
Samuel Goldwyn, um dos fundadores da indústria cinematográfica de Hollywood.

"Você tem que agarrar o touro pelos dentes."
Samuel Goldwyn

"O homem que consulta um psiquiatra devia mandar examinar a cabeça."
Samuel Goldwyn

"Quando eu quiser sua opinião, eu lhe dou a minha."
Samuel Goldwyn

ASNEIRAS JORNALÍSTICAS

Passar 24 horas por dia debaixo de holofotes não é para qualquer um, não! É mais ou menos assim que vejo a profissão de jornalista. Escrever, entrevistar ou coordenar um trabalho jornalístico é estar em evidência. E tudo com aquela urgência com que o texto tem de ser elaborado – bem diferente de um livro, por exemplo.

Claro que isso é apenas um lado da moeda. Do outro lado estão profissionais absolutamente despreparados para exercer tão nobre ofício que nos brindam com asneiras das mais diversas.

"Foi assassinado, mas não se sabe se está morto."
Jornalista da TV I (Televisão Independente de Portugal).

"Ipertenção pode matar."
Título de uma reportagem em um jornal popular.

"O assassino matou 30 mortos."
Rodapé do telejornal da SIC – Sociedade Independente de Comunicação.

"Quatro hectares de trigo queimados. Em princípio, trata-se de um incêndio..."
Repórter em um programa de rádio.

"Chega agora a informação... O jogador que há pouco saiu lesionado sofreu uma fratura craniana no joelho."
Repórter esportivo.

"Um morreu e o outro está morto."
Manuela Moura Guedes, Jornal TV I (Televisão Independente de Portugal).

"O quadro da edição de 9/1 referente à reportagem 'Viagra para Mulher' indica erroneamente a vagina no local do ânus."
Folha de S. Paulo, na seção "Erramos".

"O Dia da Independência começou na praia e terminou com um temporal..."
Jornal do Brasil, transformando o 15 de Novembro no 7 de Setembro.

Um repórter entrevista um recém-sequestrado.
Repórter: *"Qual foi o pior momento?"*
Sequestrado: *"Quando me puseram na mala do carro, porque eu sofro de claustrofobia."*
Repórter: *"Claustrofobia aonde?"*

"Goiana morta em desastre aéreo está viva."
Título do *Diário da Manhã*, de Goiânia, sobre o livro *Do manto tenebroso ao manto de luz*, que trata da vida da goiana Josete Fonseca, dada como morta no acidente do voo 254 da Varig em 1989.

"A melhor maneira de ultrapassar uma vaca na estrada, quando estamos pedalando, é ficar atrás dela."
R. J. Mecredy, escritor e editor de revista de ciclismo, em uma coluna oferecendo seus conselhos a noviços sobre como pedalar nas estradas no interior.

"Escolhi um canto na sombra e fiquei saboreando o banho de sol."
R. J. Mecredy, ao descrever um dia de suas férias.

ASNEIRAS ETÍLICAS

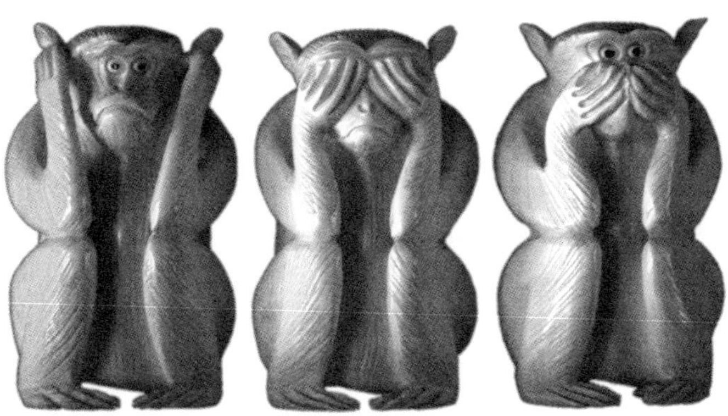

Poucas situações levam uma criatura a cometer mais asneiras do que um estado etílico elevado. O bêbado em si já é uma asneira. Fala num tom mais elevado que o necessário e torna-se chato ou pegajoso ou inconveniente ou palhaço, ou, o que é pior, tudo isso junto. Sob o efeito do álcool, tudo pode acontecer: podemos brigar, dançar, achar que o ex-namorado realmente está a fim de receber um telefonema nosso às 3 horas da manhã, chorar, rir, gritar, sussurrar, *valar coisas dexe zeito* etc.

Alguns dizem que não se lembram de nada no dia seguinte. Uns estão falando a verdade, outros estão fingindo não lembrar, para não ter de assumir o vexame que deram. Conhece aquela velha estratégia de fingir que não conhece alguém que fez uma asneira? É mais ou menos a mesma coisa, só, que no caso, a pessoa finge não conhecer a si própria.

E o dia seguinte? Junto com a ressaca pode vir uma vergonha profunda de atos ou ditos insanos cometidos durante a carraspana. Vamos conhecer alguns deles a seguir.

Richard García exigiu da Justiça dos Estados Unidos uma indenização de US$ 15 mil. Ele estava dirigindo bêbado, bateu o carro e fraturou as pernas. Richard alega que no percurso cruzou com duas viaturas e xingou os policiais, mas eles não o prenderam. Se isso tivesse acontecido, ele não teria se machucado. *"O Estado não soube me proteger de mim mesmo e tenho direito à indenização"*, disse García.

"O vencedor bebeu três garrafas de vodca. Ele foi levado para casa de táxi, mas morreu vinte minutos depois."
Roman Popov, promotor de um concurso de bebedores de vodca na Rússia que acabou com o vencedor morto e outros tantos participantes internados em estado grave (2003).

"Thank you, Brazil!"
Alanis Morissette, cantora canadense, durante show em Lima, no Peru.

Certa vez o escritor americano Herman J. Mankiewicz participava de um jantar formal quando, "de cara cheia", vomitou em plena mesa. Procurando manter o humor e tentando resgatar a classe, disse:
"Não se preocupem, vomitei o vinho branco junto com o peixe".

Paulo, um conhecido meu, estava voltando de uma festa em que tinha bebido todas e mais algumas. Como o clássico bêbado, não admitiu seu estado lamentável e julgou estar absolutamente apto a conduzir seu automóvel. Lá foi ele ao volante, sabe-se lá como. Seu primo Marco estava ao seu lado. Lá pelas tantas, Paulo vira-se para o primo e diz:
"Cara, para o carro aí que eu quero vomitar."

O primo, com os olhos esbugalhados de pavor, respondeu: *"Paulo, mas é você que está dirigindo!!"*.

Pérolas de Roniquito

Ronald de Chevalier (1936-1983), ou Roniquito, era economista e foi o inventor da palavra "aspone" (assessor de porra nenhuma). Amigo de pessoas como Walter Clark, Boni, Jaguar, entre outros, ficou conhecido também por ser considerado a versão etílica de *O médico e o monstro* nos bares de Ipanema nos idos dos anos 60. Chegava aos bares da vida sempre muito alinhado, cabelo bem penteado, esbanjando sua cultura literária invejável. Mas, depois de alguns uísques, o caldo entornava e ele se transformava. Sobrava para qualquer um que estivesse perto, inclusive seus amigos, que muitas vezes eram chamados de "uns merdas" aos berros.

Roniquito, depois de alguns uísques, adorava xingar desconhecidos de "cornos". Muitos tinham o dobro do seu tamanho. Um desses sujeitos, depois de "sentar" a mão com vontade em Roniquito, perguntou se ele queria apanhar mais: *"Claro que não, corno!"*, foi sua resposta.

Em outra ocasião, Roniquito apanhou até não poder mais. Lá pelas tantas o sujeito perguntou: *"Chega ou quer mais?"*. E Roniquito, no chão, com o sapato do sujeito sobre o pescoço, olhou para cima e disse: *"Cansou, filho da puta?"*.

Certa feita lá estava Roniquito no restaurante Antonio's, quando entrou uma mulher empinada, metida e visivelmente vulgar. Ele fez com dois dedos (o indicador e o médio) o clássico sinal *hippie* de "paz e amor". Ela respondeu: "paz e amor também". E ele, em seguida: "*Que nada, tô perguntando se você cobra 'vintinho'*". O sujeito que a acompanhava deu-lhe uma surra.

Ano de 1967 e Roniquito se mete em mais uma confusão, dessa vez envolvendo o marechal Costa e Silva, então presidente do Brasil. Roniquito estava ciceroneando um figurão americano convidado do governo, a pedido de Nascimento Silva. Naquela manhã ele levara o visitante para almoçar no restaurante do Museu de Arte Moderna. Antes da refeição os dois pararam no bar do restaurante para tomar uns uísques (o sujeito também era chegado a uma birita). Por coincidência, Costa e Silva chegou ao mesmo restaurante para almoçar. A comitiva presidencial passou por Roniquito no momento em que este procurava seu isqueiro no paletó para acender um cigarro. Roniquito viu o presidente, foi em sua direção e, chegando bem perto, perguntou: "O senhor tem fogo?". Os seguranças pularam sobre ele. O convidado americano, sem entender o que se passava e já sob o efeito do álcool, balbuciou algo querendo saber que diabos estava acontecendo ali e por que estavam imobilizando seu colega de copo. Os seguranças, então, imobilizaram o americano também. Os dois foram levados para uma delegacia por desacato à autoridade.

Diante do delegado, o americano esbravejava com voz pastosa: "I'm an American shitizen! *Call the* embashy!*" ("Eu sou um cidadão americano! Chamem a embaixada!").*

O delegado perguntou: "*Que que o gringo tá falando?*".

"*Ele tá dizendo que a polícia no Brasil é uma merda*", "traduziu" Roniquito.

"*Ah, é? Pois ele vai ver o que é merda!*", esbravejou o delegado.

O americano pediu para usar o telefone. Roniquito traduziu: "*Ele está dizendo que no Brasil ninguém respeita os direitos humanos*".

"Direitos humanos é o cacete! Ele vai entrar no pau!", gritou o delegado.
O americano perguntou a Roniquito por que o delegado estava tão bravo. Roniquito sussurrou para o delegado: *"Agora ele está dizendo que o Brasil é uma ditadura fascista"*.
Por sorte, quando a situação estava se tornando complicadíssima, o americano conseguiu mostrar um documento com o emblema do governo americano. Conseguiram telefonar e, em poucos minutos, chegaram representantes da embaixada e do Itamaraty para libertar Roniquito e o americano.

Roniquito foi atropelado em dezembro de 1981, em frente ao restaurante Antonio's, em Ipanema, quando atravessava a rua. A pancada foi tão forte que ele passou "voando" pela frente da varanda do restaurante. Ao ver o ar assustado dos clientes, Roniquito teria perguntado: *"O que foi, porra? Nunca viram o Super-Homem?"*.

Quando sóbrio, Roniquito era um *gentleman*. Beijava as mãos das senhoras e encantava-as com sua inteligência e educação. Um dia, uma elegante senhora, que só conhecia o lado sóbrio de Roniquito, convidou-o para um jantar em sua casa. Para variar, ele "meteu o pé na jaca", desmaiou sobre o prato e foi levado roncando para um sofá.
Terminado o jantar, os convidados começaram a brincar de "A palavra é..." (um jogo de adivinhar nomes de músicas). No meio do jogo, Roniquito acordou meio confuso. A dona da casa, querendo ser agradável, foi até o sofá e, com toda a delicadeza e elegância, disse: *"Roniquito, a palavra é..."*. E Roniquito, meio zonzo, disse: *"Ca-ra-lho"*. Foi expulso pelo filho da dona da casa.

ASNEIRAS BÉLICAS

Mesmo em tempos tenebrosos e inadmissíveis como das guerras, não somos poupados de asneiras. Muitas delas geradoras das próprias guerras, outras ditas por combatentes infelizes que deixaram registros lamentáveis e "asneirosos".

"Seria uma boa ideia levar consigo seu talão de cheques para o abrigo antiatômico".
Sugestão da Junta de Reserva Federal dos Estados Unidos.

"Felizmente, os rebeldes não tinham armas de fogo, exceto pistolas, alfanjes e lanças..."
Sir Boyle Roche, deputado de Tralee no século XVIII, ao escrever uma carta a um amigo.

David Hume Kennerly, o então fotógrafo da Casa Branca, no dia em que Saigon caiu nas mãos dos comunistas, entrou às pressas no Salão Oval e teria dito ser portador de duas notícias, uma boa e uma má: *"A boa notícia é que a guerra acabou. A má, que perdemos".*

"Vocês estão sempre escrevendo que é bombardeio, bombardeio, bombardeio. Não é bombardeio, é apoio aéreo."
David Opfer, coronel da Força Aérea dos Estados Unidos e adido aéreo no Camboja falando aos repórteres sobre a Guerra do Vietnã.

"A guerra é difícil, porém, cruel. Vivemo-la e morremo-la sobre a qual".
Militar brasileiro de alta patente discursando com ares de consternação.

Trechos de um informe durante a Guerra do Vietnã, mencionado pelo ex-oficial de informações e contrainformações do exército Bruce Jones:
"[...] O grupo de infiltração era composto de um terço de homens, um terço de mulheres e um terço de funcionários do partido".

"[...] Essa unidade tinha um efetivo estimado em 2.000 homens, dos quais 300 eram mulheres."

"É necessário, por razões técnicas, que essas ogivas sejam armazenadas com a parte superior para baixo e a inferior para cima. A fim de não haver dúvida sobre que parte é superior e inferior, será providenciado, para fins de armazenagem, que a parte inferior de cada ogiva seja etiquetada com a palavra 'SUPERIOR'."
Trecho das instruções do Almirantado Britânico sobre armazenagem de ogivas e torpedos (mencionado no *Outrageous Quotations* – www.wallbomb.com).

"O presidente tem conhecimento do que está acontecendo. Mas isso não quer dizer que alguma coisa esteja acontecendo."
Ron Ziegler, então secretário de imprensa do ex-presidente dos Estados Unidos Richard Nixon, ao comentar o boato de que tropas aliadas haviam cruzado a fronteira do Laos.

"Foi necessário destruir a aldeia, a fim de salvá-la."
Oficial americano em um relatório sobre a devastação ocorrida em uma aldeia na Guerra do Vietnã.

"Já vivi em situações em que qualquer homem decente, antes de qualquer coisa, declararia guerra. E já vivi em situações em que ninguém declara guerra. Temos nos mostrado suficientemente flexíveis para matar gente sem declarar guerra."
Lewis Hershey, general e diretor do Sistema do Serviço Militar Seletivo, falando sobre a Guerra do Vietnã.

"É também inteiramente provável que o público geral ache o pensamento de um ataque nuclear tão horripilante que o horror adicional de uma política pós-ataque de redistribuição da riqueza seja considerado de importância secundária."
Henry Peskin, representante do Office of Emergency Planning (OEP) da Irlanda.

"Eu sempre fui muito humano e nunca matei ninguém. Eu só cumpri ordens."
Gustav Wagner, subcomandante do campo de concentração de Sobibor (Polônia), preso em São Paulo em 1978.

"Acho muito ridículo que as pessoas fiquem assim tão chocadas com a maneira como matamos gente. Afinal de contas, o que é que há de tão ruim assim com o napalm (arma química)?"
Piloto da base aérea de Danang, Vietnã (1970).

"Por que deveriam os irlandeses ficar de braços cruzados e mãos nos bolsos quando a Inglaterra pede ajuda?"
Sir Thomas Myles, em um comício em Dublin, no ano de 1902, sobre a Guerra dos Bôeres.

"A Índia tem o melhor clima sob os céus, mas um bocado de rapazes vêm para cá, bebem e comem, bebem e morrem e, em seguida, escrevem para os pais, em casa, contando um bocado de mentiras, dizendo que foi o clima que os matou."
Sir Colin Campbell, oficial britânico encarregado de preparar um relatório sobre o moral dos combatentes do Exército Britânico na Índia, para o Departamento de Guerra.

"Eles não conseguiriam acertar num elefante a esta dist..."
John Sedwick, general comandante da União durante a Guerra Civil (batalha de Spotsylvania Court House), em suas últimas palavras enquanto observava as tropas inimigas.

"A guerra é uma empresa saudável, gloriosa. Faz com que os homens sonhem, traz à tona paixões recalcadas, é uma época de esperanças e grandes ilusões."
Salvador Dalí, pintor espanhol.

"Já estou cansado de ouvir gente dizendo o quanto a Segunda Guerra Mundial foi horrível. Eu lutei na guerra. E foi ótimo! Pude andar de moto, voei de avião e ainda passei bala em três alemães. Maravilha!"
Tom Hobson, em carta enviada para a seção de cartas de uma revista inglesa.

"Meus homens resmungam, dizendo que se sentem frustrados – que não há mais bons alvos. Mas eu sempre lembro a eles a situação dos pilotos que estão nos Estados Unidos. 'Vamos enfrentar a realidade', é o que digo a eles. 'O Vietnã é hoje o único lugar no mundo onde vocês podem jogar bombas de verdade.'"
Comandante de esquadrilha americana durante a Guerra do Vietnã.

Referências bibliográficas

ADAMS, Scott. *Corra, o controle de qualidade vem aí!* Rio de Janeiro: Ediouro, 1997.

______. *O princípio Dilbert.* Rio de Janeiro: Ediouro, 1996.

ASSOCIAÇÃO DOS PROFISSIONAIS DE PROPAGANDA – APP. *Causos da Propaganda.* São Paulo: Globo, 1996.

AURÉLIO, Daniel. *Almanaque das curiosidades.* São Paulo: Sinapse, 2003.

BARROS, Manoel de. *O Livro das Ignorãças.* Rio de Janeiro: Afiliada, 1994.

BLOCH, Arthur. *A completa Lei de Murphy.* Rio de Janeiro: Record, 1996.

BOYER, Luc; ROMAIN, Bureau. *600 citações.* São Paulo: Nobel, 1996.

BRUCE, Lansky. *A lei da mãe de Murphy ou quem mandou ter filhos?* Rio de Janeiro: Domínio Público, 1986.

CASSETA & PLANETA. *Entrevistas.* Rio de Janeiro: Record, 1995.

______. *O Grande Livro dos Pensamentos.* Rio de Janeiro: Record, 1994.

CASTRO, Ruy. *Uma pulga na camisola – o máximo de Max Nunes.* São Paulo: Companhia das Letras, 1996.

______. *O poder do mau humor.* São Paulo: Companhia das Letras, 1993.

______. *O amor de mau humor.* São Paulo: Companhia das Letras, 1992.

______. *O melhor do mau humor.* São Paulo: Companhia das Letras, 1991.

CHÉBRAN, Yves. *Tudo que você precisa saber sobre sedução para nunca passar vergonha.* Rio de Janeiro: Ediouro, 1992.

CLAIRE, Olivia St. *203 maneiras de enlouquecer um homem na cama.* Rio de Janeiro: Ediouro, 1997.

CUNHA, Odir. *Sonhos mais que possíveis.* São Paulo: Planeta, 2008.

DIALETACHI, Arlete. *O pequeno livro das certezas.* São Paulo: Best Seller, 1996.

DUAILIBI, Roberto. *Phrase Book III.* São Paulo: Mandarim, 1996.

DUARTE, Marcelo. *O guia dos curiosos.* São Paulo: Companhia das Letras, 1995

EMEDÊ. *Loucuras do futebol.* São Paulo: Panda, 2003.

EXLEY, Helen (Org.). *Negócios – as melhores reflexões.* Rio de Janeiro: Ediouro, 1996.

FERNANDES, Millôr. *O livro vermelho dos pensamentos de Millôr.* São Paulo: Senac, 2000.

FLAUBERT, Gustav. *Dicionário das idéias feitas.* São Paulo: Nova Alexandria, 1995.

GRAF, Joachim. *A Lei de Murphy na era da informática.* Rio de Janeiro: Record, 1997.

GRION, Laurinda. *Cem erros que um executivo comete ao redigir (mas não poderia cometer).* São Paulo: DFC – Consultoria e Treinamento.

GUARACY, Thales. *Máximas.* São Paulo: Negócio, 1997.

HUMBERTO, Claudio. *Poder sem pudor.* São Paulo: Geração Editorial, 2001.

JAGUAR. *Ipanema:* se não me falha a memória. Rio de Janeiro: Relume Dumará, 2000.

KOOGAN, A.; HOUAISS, A. *Enciclopédia e dicionário ilustrado.* Rio de Janeiro: Delta, 1995.

LEOFF, Constance. *Tudo que você precisa saber sobre feminismo para nunca passar vergonha.* Rio de Janeiro: Ediouro, 1992.

MACHADO, Josué. *Manual da falta de estilo.* São Paulo: Best Seller, 1994.

MARQUES, José. *Perguntar ofende!* São Paulo: Disal, 2003.

MICHAUX, Agnès. *Dicionário misógino.* Porto Alegre: L&PM Editores, 1995.

MORAIS, Orlando Mendes de; PENA, Leonam de Azeredo. *Dicionário de sinônimos.* Rio de Janeiro: Livraria Tupã Ltda.

NUNES, Max; CASTRO, Ruy (Org.). *O pescoço da girafa:* pílulas de humor por Max Nunes. São Paulo: Companhia das Letras, 1997.

OLIVEIRA, Marco A. *Gerente alto-astral.* São Paulo: Gente, 1996.

PEALE, Norman Vincent. *Minhas citações favoritas.* Rio de Janeiro: Ediouro, 1990.

PÉREZ, José. *Provérbios brasileiros.* Rio de Janeiro: Ediouro. s. d.

PETRAS, Ross; PETRAS, Kathryn. *O melhor do besteirol.* Rio de Janeiro: Ediouro, 1995.

PIMENTA, Reinaldo. *A casa da Mãe Joana.* Rio de Janeiro: Campus, 2002.

PRETA, Stanislaw Ponte. *Febeapá 1: 1º* festival de besteira que assola o país. Rio de Janeiro: Civilização Brasileira, 1996.

RODRIGUES, Nelson. *Flor de obsessão.* São Paulo: Companhia das Letras, 1997.

SABINO, Fernando. *Zélia, uma paixão.* Rio de Janeiro: Record. s. d.

SACCONI, Luiz Antonio. *Dicionário de Pronúncia Correta.* São Paulo: Nossa Editora, 1991.

SÉRGIO, Renato. *Dupla exposição:* Stanislaw Sérgio Ponte Porto Preta. Rio de Janeiro: Ediouro, 1998.

SILVA, Deonísio da. *A vida íntima das frases.* São Paulo: A Girafa, 2003.

STYCER, Mauricio. *O Brasil em mil frases – o melhor publicado nos 20 anos da seção Frases da Folha de S. Paulo.* São Paulo: Publifolha, 1996.

TADEU, Paulo. *Cantadas & declarações de amor.* Rio de Janeiro: Objetiva, 1997.

THOMPSON, Charles "Chic". *Idéias em ação!* São Paulo: Saraiva, 1995.

TREVISAN, Lauro. *Enciclopédia maluca.* Santa Catarina: Editora da Mente, 1975.

VALLADARES, Regina; PAIVA, Cláudio; BARRA, Eduardo. *Só uma mulher sabe o que é.../só um homem sabe o que é...* São Paulo: 34, 1997.

Revistas

· *Exame*

· *Caras*

· *Isto É*

· *Veja*

· *Pais & Filhos*

· *Claudia*

· *O Cais*

Sites

<www.censuramusical.com>

<www.paginalegal.com>

MATRIX